野性的呼唤

YEXING DE HUHUAN

沈石溪

主编

［美］杰克·伦敦 著

田艳芳 译

SPM 南方传媒 新世纪出版社 广州

图书在版编目（CIP）数据

野性的呼唤 / 沈石溪主编；(美) 杰克·伦敦著；田艳芳译. — 广州：新世纪出版社, 2022.4（2024.2 重印）
（沈石溪挚爱动物小说系列）
ISBN 978-7-5583-2828-2

I. ①野… II. ①沈… ②杰… ③田… III. ①儿童小说-长篇小说-美国-近代 IV. ①I712.84

中国版本图书馆CIP数据核字(2021)第056791号

野性的呼唤
YEXING DE HUHUAN

出 版 人：陈少波
责任编辑：秦文剑　黄翩先　许祎玥
责任校对：毛娟　黄诗棋
责任技编：王维
插　　画：吉春鸣

出版发行：SPM 南方传媒｜新世纪出版社
（广州市越秀区大沙头四马路12号2号楼）

经　销：	全国新华书店		
印　刷：	河北鹏润印刷有限公司		
规　格：	880 mm × 1230 mm	开　本：	32开
印　张：	4.375	字　数：	77千
版　次：	2022年4月第1版	印　次：	2024年2月第3次印刷
定　价：	28.00元		

质量监督电话：020-83797655　购书咨询电话：020-83781537

人类与动物的心灵对话

随着人们的环保意识日益觉醒，随着中小学生课外阅读蔚然成风，描写大自然和野生动物的文学作品在国内图书市场悄然走红，尤其动物小说，更成为近几年出版界的热门品种。无论是从国外引进的动物小说，还是国内原创的动物小说，都在书店柜台的醒目位置占有一席之地。品种繁多，琳琅满目，蔚为大观。

繁荣景象背后，也出现一些乱象。有些动物小说创作的后起之秀，为了让自己的作品更加吸引读者眼球，把缺口和准星瞄准人性与兽性冲突这个靶心。人性与兽性，是人类进化必须要面对的问题，也是社会文明进程永恒的话题。从这个意义上说，写动物小说，围绕人性与兽性，是一种很讨巧的做法，既有深度又有广度，具有无限丰富的内涵和无限广阔的外延。但同时也必须注意到，因为描写兽性容易使作品出彩，有些作家会自觉或不自觉地渲染兽性，进而赏玩兽性，给作品涂抹太浓的血腥气和太恐怖的暴力色彩。从本质上说，儿童文学是爱的文学，是闪耀人性光辉的文学，是传播正能量的文学。任何关于兽性的描写，无论是人身上的兽性描写，还是动物身上的兽性描写，只能是必要的衬托和对照，用兽性来衬托人性，用黑暗来对照光明。人性永远是第一位的，光明永远是第一位的。我赞赏很多作家围绕人性与兽性来结构故事、创作动物小说，我自己的很多作品其实也着眼于人性与兽性这个主题，但我还是想说，在描写人性与兽性的冲突时，可以轻微摩擦、合理冲撞，只有注意分寸、讲究适度，才能让自己的作品立于永久不败之地。

　　动物小说创作还有一个突出的问题，就是在描写人与动物的关系时，作者往往愤世嫉俗，咒骂人类的贪婪无耻，以动物的保护神自居，以揭露人类身上的丑陋为己任，所以很多作品，包括许多很有影响的经典动物小说，都带有暴戾之气，嘲讽人类、挖苦人类、鞭笞人类，把人类社会当作黑暗的地狱，把大自然、动物世界当作光明的天堂。作者看起来就像挥舞斧头的战将，不由分说一路砍将过去，要为可怜的动物们杀开一条血路。文风当然非常犀利，对肆意破坏环境、屠杀野生动物致使生态日益恶化的人类来说，不啻一剂警醒的猛药。但杀鬼的战将，自己的面目也难免狰狞。这类作品，缺乏宁静美，少了一点雍容华贵的大家风范。

我更欣赏东方民族的智慧，平和豁达，从容儒雅，不走极端。我更钦佩这样的动物小说：中庸宁静、慈悲为怀、大爱无言、大爱无疆，既关爱动物也关爱人类，既欣赏野生动物身上的自然美和野性美，也欣赏人类社会的人文美和人性美。动物很美丽，人类也美丽。对一切生灵，都投以温柔眼光，都施以爱的抚慰，采取理解包容的态度。少一些人与动物的激烈对抗，少一些善与恶、美与丑、爱与恨的激烈对抗，少一些血淋淋的暴力场面，因为人与动物不是水火不能相容的两极，而理应建立相濡以沫、共生共荣的和谐生态圈。

世界原本就不应该有这么多喧嚣、杀戮和仇恨。世界原本就应该宁静、平和，充满爱的阳光。每一种生命，包括人类，包括美丽的野生动物，都应该有尊严地在我们这颗蔚蓝色星球继续生存下去。

这就需要对话。以对话代替战争，以和平代替杀戮，以平等代替歧视，以温柔代替粗暴，以尊重代替仇恨。通过对话建立大自然新秩序：人与动物和谐共存。

优秀的动物小说，就是人类与动物的心灵对话。

从事动物小说创作的作家，无论中国作家还是外国作家，每一位都应该是大自然的守护者，都应该是动物福利的代言人。阅读动物小说，应该让人真切感受到作家对生命的敬畏和对动物的尊重，应该让人真切感受到另类生灵的美丽与灵性。这既是艺术的享受，也是精神的洗礼和灵魂的升华。从而让我们的心灵变得更柔软，让我们的感情变得更丰富，让我们的视野变得更开阔，让我们的生活变得更美好。

这一次，磨铁图书联合新世纪出版社，隆重推出《沈石溪挚爱动物小说系列》，为青少年读者打造了一套优质的动物小说书系，可以说是一件非常有意义的事情。一套书在手，尽览天下优秀动物小说之精华。相信这套书投放市场后，一定能受到广大读者欢迎。

是为序。

沈石溪

2018 年 12 月 17 日写于上海梅陇书房

目录
CONTENTS

第一章 蛮荒之旅　　　　　1

第二章 棍棒犬牙法则　　　17

第三章 狗王争霸　　　　　31

第四章 新狗王　　　　　　51

第五章 艰苦跋涉　　　　　64

第六章 只为知己　　　　　86

第七章 野性的呼唤　　　106

第一章
蛮荒之旅

古老的音符在游牧部落里跳跃着，

冲撞着世俗的锁链；

冬日的漫漫长夜，

又一次点燃了野性的火焰。

巴克最近一定没看报纸，不然他应该知道自己已大祸临头。不光是他，灾祸还波及从皮吉特湾到圣地亚哥沿海一带的每一条狗。只要是身强体壮、膘肥毛长的，都身处险境。因为一些常年在北极的冰天雪地里开山挖矿的人发现了一种黄色金属，再加上蒸汽船和运输公司的推波助澜，人们浩浩荡荡，如潮水般涌向北部。淘金人需要狗，而且必须是膘肥体壮的大狗，因为只有这样的狗才能顶着风霜在北部艰苦跋涉。

巴克住在阳光和煦的圣克拉拉山谷，法官米勒的府邸。米勒家位于茂林深处，远离尘嚣，四周环绕着宽阔的回廊。屋前草地铺展开来，砾石铺就的车道蜿蜒曲折，参天白杨夹道耸立，屈曲盘旋，枝叶繁茂。屋后是一片更广阔的天地，有几间宽敞的马厩，马倌仆从十余人，成排的用人房舍爬满了藤蔓，其他数不清的小房子整整齐齐地排列着；还有长长的葡萄藤架，广阔的绿色牧场，景色宜人的果园和精巧别致的浆果园。园子里有连着水泵的自流井，还有水泥游泳池，这是米勒家的儿子们上午潜水、下午纳凉的好去处。

巴克是这片土地上绝对的王者。他今年四岁了。从出生到现在，他从未离开过这片土地。没错，这么大的地盘不可能没有其他的狗，但巴克从不把他们放在眼里。他们进进出出，或群居狗舍，或像宝贝和伊莎贝尔那样躲在屋内某个不起眼的角落。宝贝是条日本哈巴狗，伊莎贝尔是墨西哥无毛犬，他们行为古怪，从不把鼻子探出门外，更别提去户外溜达了。另一类行为古怪的狗是捕狐狸用的猎狗，至少有二十几只。他们成天对着宝贝和伊莎贝尔汪汪叫，宝贝和伊莎贝尔只能怯生生地从窗户里往外瞧，有时女仆们不得不挥舞笤帚或抹布保护他们。

巴克既不是躲在深闺密院的娇娇狗，也不是不上档次的蜗居狗。法官宅邸是他的天下。面对游泳池，他敢一个猛子扎下去；陪同法官的儿子打猎时，他表现英勇；漫长的午后或清晨，他陪法官的女儿茉莉和爱丽丝散步；冬天的晚上，他依偎在法官脚旁，烤着壁炉里的旺火，伴法官读书；他可以驮着法官的孙子们溜达，或陪他们在草地上打滚儿；他们到野外玩耍时，他一路护送，有时走到马厩院子里的喷泉那儿，有时走得更远，一直到围场那边的浆果园；在猎狗面前，他趾高气扬，对宝贝和伊莎贝尔视而不见，只因他是"王"——在米勒家的地盘上，所有的飞鸟家禽、爬虫走兽，甚至是人，他一概不放在眼里。

巴克的父亲叫埃尔默，曾是法官的贴身侍从，是身形巨大的圣伯纳犬。巴克条件优越，足以子承父业。因为母亲姗菩是苏格兰牧羊犬，巴克体形不算大，只有六十三公斤。然而，这样的体重，加上养尊处优和万人景仰带来的威严，让他举手投足间流露出皇家贵族的气派。从幼年开始，他就过着衣食无忧的贵族生活，行为里透出文雅与清高，甚至有点偏执和孤傲，就像在偏僻封闭的环境里待久了的乡下绅士。幸运的是，他没有变成娇生惯养的宠物狗。狩猎和户外运动控制了脂肪堆积，加强了肌肉力量，他钟爱的冷水浴如同滋补佳品维持了他的健康。

这就是一八九七年秋天以前大狗巴克的生活方式。也正是在这年秋天，人们在克朗代克发现了金子，淘金人如潮水般涌向北方的寒冷世界。可巴克没看报纸，对此一无所知。他也没发现，米勒家的园丁助手曼纽是个人面兽心的家伙。曼纽不仅好赌博，且嗜赌如命，这让巴克的处境更加危险。因为赌博需要钱，而园丁助手的工资甚至不足以让曼纽维持他和老婆孩子的生计。

在曼纽背信弃义的那个夜晚，法官外出参加葡萄种植者协会的会议，儿子们忙于筹备组建体育俱乐部。没人看见曼纽带着巴克走出了果园，巴克还以为是出去溜达溜达。当他们到达科利奇帕克火车站时，只有一个陌生人等在那儿。那人和曼纽窃窃私语，然后给了他一些钱。

"脱手以前你先把狗拴牢。"那人硬声硬气地说。曼纽把一根结实的绳子对折起来，拴在巴克的颈圈上。

"只要绕着脖子围上一圈，他就任你摆布了！"曼纽说。那人嘟哝着点点头。

巴克几乎带着一种仪式感，默然地接受了绳子。毫无疑问，这大大出乎他们的意料。不过，巴克一直都信赖熟人，坚信他们比自己智高一筹。可看见绳子被交到陌生人手中时，他开始咆哮，仿佛在透露不满。他咆哮着，好像在威胁恐吓，骄傲地以为这样就足以让陌生人放手了。可他没想到，绳子勒得更紧了，几乎让他喘不过气来。愤怒涌上心头，他猛地扑向陌生人。可没等他跳起，陌生人一把扭住他的喉咙，麻利地把他摔了个四脚朝天。陌生人毫不留情地勒紧绳子，巴克拼命挣扎，舌头无力地在嘴角耷拉着，胸脯徒劳地一起一伏。他平生还是第一次遭受这样的毒手，第一次如此愤怒。可他浑身瘫软，眼神呆滞。甚至被那两个家伙扔进行李车厢，随火车疾驰而去时，他仍浑然不觉。

巴克渐渐恢复了神志，感到舌头隐隐作痛。他这才意识到自己正在某种交通工具上颠簸。擦肩而过的火车发出尖厉的叫声，他立刻明白了自己的处境。因为他经常和法官一起旅行，知道乘坐火车的感受。他睁开双眼，满眼冒火。这是一位王者被绑架的无边怒火。那人过来卡他的喉咙，可巴克反应敏捷，一口咬住他的手，咬得死死的，直到自己又一次被掐得喘不上气来。

搏斗的声音吸引了行李员的注意。陌生人赶快藏起被咬破

野性的呼唤

的一只手，扯谎说："没事儿，这狗有癫痫，老板让我带他去旧金山，那儿有一位医术高明的兽医，说是能治好他。"

在旧金山滨海酒馆后面的小棚屋里，当被问及那晚的旅途时，陌生人义愤填膺地为自己辩护。他发牢骚道："这次我只能赚五十块，就算下次能赚一千块，我也不再干这事儿了！"他手上缠着的手帕已被鲜血浸透，右边的裤腿从膝盖到裤脚都被撕破了。

"卖你狗的那家伙能赚多少？"酒馆老板问。他回答道："他要一百块，分文不少。您可得对我仁慈点。"

"总共一百五，"酒馆老板盘算着，"我敢打包票，他值这个数。"

陌生人解下血淋淋的手帕，看着皮开肉绽的手，问道："我不会得狂犬病吧？"

"要得了也是你自找的，活该！"酒馆老板笑着打趣道，"来，走之前再给我搭把手。"

巴克被掐得快要窒息了，舌头和喉咙剧痛无比，眼前天旋地转，可满腔怒火让他决定和迫害者们顽抗到底。他一次次被摔倒在地，被掐到窒息。搏斗如此激烈，铜颈圈从他脖子上脱落了。后来，他们解掉绳子，把巴克扔进了木头笼子。

  他躺在笼子里，怒火中烧，自尊心受挫，在漫漫长夜里忍受着煎熬。他想不通这一切都是为了什么，这些陌生人到底要他来做什么，为什么把他关进这个狭小的笼子。他捉摸不透，却隐隐感到某种灾难即将来临，这种可怕的感觉让他喘不过气来。夜里好几次，只要听到棚屋门打开的声音，他就急切地跳起来，希望进来的是法官，或是他的儿子们。可他每次看到的都是酒馆老板的满脸横肉。这家伙借着微弱的烛光，窥视着他的动静。因此，每次兴奋的欢叫就要涌上他的喉头时，又立刻变成了凶狠的咆哮。

  酒馆老板并没搭理他，直到早上才进来四个人，要抬走笼子。他们个个贼眉鼠眼，衣衫褴褛，粗声粗气的。巴克坚信他们都是来害他的，于是隔着木笼子朝他们狂吠不已。他们一边大笑，一边用棍子捅他。他毫不犹豫地用牙齿回击，直到后来才意识到他们是在戏弄他，看他出丑。他只好强压下怒火，躺下来，任他们把木笼子搬上马车。接下来，巴克和囚禁他的笼子一起，辗转于无数人手中。运输公司的职员接管了他，把他装上另一辆马车，然后由装满包裹行李的卡车载他上了渡轮。下了渡轮，卡车又把他带到巨大的火车站托运仓库。最后，他被抬上一节快车车厢。

一连两天两夜，快车车厢被呼啸的火车拖着一路狂奔。这期间，巴克水米不进。他暴躁极了，只要有乘客靠近，就龇牙咆哮。乘客在旁数落个不停，这无异于火上浇油，气得他直发抖，恨得他牙痒痒，对着木栏猛烈地攻击。乘客笑得更厉害了，还学着恶狗的样子龇牙威胁他，学猫叫奚落他，挥舞着胳膊吓唬他。他们的愚蠢之举，激起了他更强烈的愤怒。饥饿姑且可以忍受，口渴的感觉却让他焦躁难耐，几乎让他愤怒到了极点。非人的待遇让他紧张不安，喉咙干燥肿胀，愤怒一触即发。

只有一件事让他感到欣慰——绳子被解掉了。不然，他在和人搏斗时总处于劣势。现在，他可以和他们势均力敌，一较高下了。他下定决心，一定不再让人给自己套绳子了。两天两夜，他没吃没喝，受尽了折磨。他胸中堆积着熊熊怒火，决心如果有人胆敢冒犯，一定让他不得好死。他的眼睛布满血丝，毫不夸张地说，他就是一个愤怒的魔鬼。他的变化太大了，这时候，可能法官本人也认不出他来了。火车到了西雅图，他被抬下车，车厢里的乘客终于松了口气。

四个人小心翼翼地把他搬下马车，放进狭小的、四周用高墙围起来的庭院。一个壮汉走了出来，在赶车人递给他的托运信上签了字。他身穿破旧的红毛衣，领口松松垮垮地垂着。这就是接下来要整治他的人。巴克在劫难逃，猛烈撞击着笼子。那壮汉拿来斧头和棍棒，露出狰狞的笑。

"你不会要放他出来吧？"赶车人问。

"当然要。"壮汉回答道。说着，他抡起斧头，朝木笼子砍去。

抬笼子的四个人立刻四散开去，蹿上墙头，准备观看这场精彩的人狗搏斗。

斧头砍了下去，木屑四射。巴克对准斧头猛扑，牙齿紧紧咬住断裂的木头，扭打撕扯。斧头落到哪儿，他就扑向哪儿。他牙齿外露，大声咆哮着，急不可耐，想要跳出去；红衣壮汉镇静而专注，打算撬开木笼子，放他出来。

那壮汉在木笼子上撬开口子，这口子刚好能让巴克钻出来，说："来吧，红眼怪兽！"说着，他扔掉斧头，右手拿起棒子。

此时的巴克可真像个红眼怪兽！他积聚力量，纵身一跳，全身毛发直立，嘴角吐着白沫，血红的眼睛流露出孤注一掷的决心。他把六十三公斤重的身体和两天两夜以来郁积的愤怒、压抑的力量全都朝壮汉投掷过去。没等他咬住壮汉，半空中就吃了一棒。他一下子泄了气，牙齿痛苦地咬在一起，在空中盘旋一周，重重地跌落到地上。巴克以前从未吃过棒子，不知道棒子的厉害。他龇着牙，低吼着爬起来，又一次扑向壮汉。又是一棒！他的身体砸到了地上。这下，他终于意识到棒子的厉害。可他失去了理智，无所顾忌，朝壮汉猛攻了十多次，然而无一例外地被棒子打到了地上。

遭受致命的一击后，他挣扎着爬起来，双目眩晕，再也冲不动了。他跌跌撞撞走了几步，耳朵、鼻子、嘴里都是血，漂亮的皮毛上也溅满了血迹。壮汉走上前，正对着他的鼻子又狠狠地打了一棒。他感觉剧痛无比。相比之下，之前吃的苦头根本不算什么。他咆哮着又一次扑向壮汉，像狮子一样凶猛。壮汉换左手持棒，右手轻而易举地抓住他的下巴，向下向后扭动。巴克在空中转了一圈半，一头栽倒在地。

他对壮汉发起最后一次进攻。壮汉等他冲过去，干净利落地给他一棒。巴克爬起来又跌倒，彻底失去了知觉。

"我敢说,他可是调教狗的行家。"骑在墙头上的一个人兴奋地嚷嚷道。

"德鲁瑟平时每天调教一头牲畜,礼拜天调教两头。"赶车人边说边爬上马车,赶着马走了。

巴克渐渐恢复了知觉,可身体还是瘫软无力。他躺在倒下的地方,斜眼看着红毛衣壮汉的一举一动。

"叫他巴克。"壮汉自言自语,嘴里念叨着酒馆老板的托运信中所说的。

"好吧,巴克,乖宝贝。"他的语气和蔼亲切,"我们刚刚有点小摩擦,最好别放在心上。你我都心知肚明。你表现好,大家都好。你表现不好,那就别怪我打断你的肠子,明白吗?"他一边说着,一边肆无忌惮地拍拍巴克的脑袋,而这脑袋刚刚还遭受了他无情的棒打。尽管壮汉的手触到他的毛发,毛发条件反射般直竖起来,可巴克并未反抗。壮汉拿来水,他旁若无人般喝了个精光,喝饱后又从壮汉手里接过一块块生肉,囫囵吞下。

巴克很清楚,自己被打败了,可并没有被打垮。他明白了,从今以后,面对手持棍棒的人,自己没有一丝取胜的机会。他受了教训，而且在余生，一刻也不曾忘记这教训。壮汉手里的棒子给他上了一堂启蒙课，让他初次领教了野性法则的至高无上。生活向他展示了残酷的一面，尽管他并不胆怯，可天性告诉他要明哲保身。接下来的日子，很多狗陆续被送来，有的关在笼子里，有的被绳子拉着，有的温顺听话，有的像他来时一样桀骜不驯。不过，结果都一样，他们在红衣壮汉的棍棒下一一俯首称臣。巴克一次次目睹这残酷的人狗搏斗，更深刻地记住了这个教训：手里有棒子的人就是权威，虽然不一定要巴结逢迎，但必须服从。巴克从不屑于巴结逢迎，可确实有些被驯服的狗会主动讨好壮汉，朝他摇尾巴，舔他的手。有一条狗既不愿服从也不愿逢迎，巴克眼睁睁看着他在与壮汉的搏斗中丧了命。

不时会有人来，那些形形色色的陌生人或口若悬河地说，或拐弯抹角地哄，用尽各种办法，想从壮汉手里买狗。直到最后，壮汉拿到了钱，陌生人带走了狗。

巴克想不明白那些狗去了哪儿，因为他们总是有去无回。不过，他心里埋着深深的恐惧，庆幸每次被选中带走的不是他。

可最终还是轮到他了,一个歪瓜裂枣的小个子男人看上了他。这人说一口蹩脚的英语,其间夹杂着许多奇奇怪怪的感叹词,巴克听都听不懂。

"老天爷呀!"小个子嚷嚷着,眼睛盯住巴克,"这可是条猛货!啊?多少钱?"

"三百镑!这个价算你白捡!"红衣壮汉马上答道,"多好的狗哇!你花的又是政府的钱,还犹豫什么,佩罗?"

小个子露齿一笑,考虑到最近狗供不应求,价格暴涨,这样的狗卖这个价也算公道合理。加拿大政府尽管不愿多掏钱买狗,可运送快递急件的事刻不容缓。佩罗是相狗的行家,一看巴克就知道他是万里挑一的好狗,心里不停地盘算着。

巴克见小个子把钱给了壮汉,所以当自己和一条名叫柯利的脾气极好的狗被小个子一起带走时,心里没有半点吃惊。那是他和红衣壮汉的最后一面。他和柯利站在独角鲸号的甲板上,看着西雅图渐渐远去,那是温暖的南方在向他们做最后的道别。佩罗把他和柯利带进船舱,交给名叫法兰索瓦的黑脸巨人。佩罗是法裔加拿大人,黑不溜秋的。法兰索瓦是法国和加拿大混血儿,比佩罗更黑。巴克头一回接触这种人,而且以后接触得更多。尽管他对他们没有一点感情，却学会了老老实实地服从他们。很快，他发觉佩罗和法兰索瓦都很正直，待人接物讲究公平正义。他们都是相狗的行家，根本不可能吃狗的亏。

在独角鲸号的中间层甲板上，巴克和柯利认识了另外两条狗。一条是体形巨大、皮毛雪白的斯匹茨卑尔根狗，他们都叫他斯匹茨。他起先跟随一位捕鲸船船长，后来又跟地质勘测队去过蛮荒之地。他是个笑面虎，常常表面上对你微笑，心里却琢磨着见不得人的勾当。巴克在船上的第一顿饭就是被他偷吃的。当时，巴克正要跳起来给他点颜色，法兰索瓦的鞭子就从空中呼啸而过，打到肇事者身上。可食物被吃光了，巴克只能忍饥挨饿。这件事让巴克看出了法兰索瓦的公正，这位混血男人得到了巴克的认可。

另一条狗既不占别人的便宜也不吃亏，并不打算偷吃新来者的食物。他阴郁悲观，明确告诉柯利自己只想独处。要是柯利胆敢骚扰他，他就让她吃不了兜着走。他名叫戴夫，吃了就睡，时不时打个哈欠。戴夫对外界一概不感兴趣，独角鲸号在通过夏洛特女王湾时遭遇风暴，像中了魔咒般随波浪翻滚起伏，可他对此竟没有丝毫害怕。巴克和柯利既惊恐又慌乱，他抬头看看，十分恼火，对他们的大惊小怪嗤之以鼻，打个哈欠，又睡了过去。

  日复一日，螺旋桨无休止地转动着，船随之单调乏味地起伏，一成不变；巴克明显感觉天气一天比一天冷。终于，一天早上，螺旋桨不转了，热情洋溢的气氛在独角鲸号上弥漫开来。巴克感受到了，别的狗也感受到了，他们明白有什么事情就要发生了。法兰索瓦给他们拴上狗绳，拉到甲板上。巴克朝冰冷的土地踏出了第一步，脚陷进了沙泥般又白又软的东西里。他吃惊地跳回甲板。又白又软的东西不停地从天上掉下来。他抖一抖皮毛，可那东西又落到身上。他好奇地嗅一嗅，用舌头舔一舔，火辣辣的，转眼就化了。他有些困惑，又去舔一舔，还是化了。在旁看热闹的人捧腹大笑，他有点羞涩：他搞不明白，因为这还是他第一次见到雪。

第二章
棍棒犬牙法则

巴克在迪亚海滩上度过的第一天就像噩梦。每时每刻都有令人惊恐的事情发生。他突然从文明的环境被丢进了这个蛮荒世界。以前，他整日懒洋洋地晒太阳，百无聊赖。可这里危机四伏，没有闲适与休息。一切都是那么忙乱嘈杂，危险随时会降临。他必须时刻保持高度警惕：因为这儿的人都是野蛮人，这儿的狗也不是文明狗。他们像人一样凶残，棍棒和犬牙才是王道。

和以前打架相比，这儿打架可谓群狼凶斗，发生在眼前的一件事让巴克永生难忘。幸亏巴克不是当事人，否则他早已命丧黄泉，还谈什么永生难忘。受害者是柯利。那天，他们在木材厂附近露宿，随性友好的柯利主动与一条爱斯基摩狗搭讪。这狗高大威猛，堪比一匹成年狼，不过跟魁梧的柯利相比还是小很多。但他如闪电般扑向柯利，犬牙如钢钳狠狠咬住柯利，又像箭一般撤离。柯利的脸从眼睑到下巴被撕开了一道深深的口子。

这完全是狼的作风，闪电袭击，又闪电撤离。可事情还没完。三四十条爱斯基摩狗拥向"作案现场"，如死神般沉寂而专注，把搏斗者围了个水泄不通。巴克不明白这样的沉寂专注意味着什么，也不明白他们为什么贪婪地舔舐嘴角。柯利再次进攻时，这条爱斯基摩狗只用胸脯撞了撞她，便轻而易举把她撞了个四脚朝天。她挣扎了几次，没能站起来，这正好给了围观的饿狗们以可乘之机。他们逼近她，龇牙的龇牙，尖叫的尖叫。柯利痛苦地嚎叫着，葬身于群狗的撕咬践踏之下。

事情发生得太突然，让人始料未及，巴克惊呆了。他看见斯匹茨伸出血红的舌头，像极了他笑着偷食时的模样。法兰索瓦挥舞斧头，跳进狗群，把他们驱散开，另外三个手持棒子的人也赶来帮忙。整个过程很短暂，从柯利倒下到最后一个袭击者被赶走，只用了两分钟。可柯利已经奄奄一息，瘫倒在被鲜血染红、群狗践踏的雪地里，身体支离破碎。面对这幅场景，黑不溜秋的混血男人一顿臭骂。巴克常梦到这可怕的一幕。他看到求生的法则毫无公平可言，一旦倒下就意味着死亡。好吧，他得确保自己永不倒下。斯匹茨又一次笑着伸出舌头，从这一刻起，巴克便与他结下了血海深仇。

巴克还没从柯利惨死的阴影中走出来，就又一次被吓到了。法兰索瓦把满是带子和搭扣的东西套在他身上。这是挽具，就像在老家时马倌给马戴的挽具。马套上挽具要干活儿，巴克也是一样。他拉着雪橇，载着法兰索瓦，去了峡谷边缘的树林，拉了一车柴火回来。尽管被用来当苦役极大地伤害了他的自尊心，但过去的教训警告他不得违抗。他铆足了劲，顽强地拉雪橇，尽管这活儿他还是第一次干，还很陌生。法兰索瓦很严厉，要他立即服从，况且仅凭他手里的鞭子也没有狗敢不服从。戴夫是压轴狗，仗着自己经验丰富，只要巴克一犯错，就咬他的后腿。斯匹茨是领头狗，拉雪橇同样驾轻就熟。他咬不到巴克，不过只要巴克出错，他就龇牙低吼表示不满，或者狡猾地把身体的全部重量放在纤绳上，拽着巴克重新回到轨道。巴克在两位狗同伴和法兰索瓦的联合指导下，进步很快。回到营地前，法兰索瓦的口令他已谙熟于心。"嗬"表示停下，"唷"代表前进，拐弯时要绕大圈，拖着满载货物的雪橇下坡时要避开压轴狗。"这三条狗真不赖！"法兰索瓦告诉佩罗，"尤其是巴克，学得真快！"

佩罗匆匆忙忙送完急件，下午回来时又带来两条狗，贝利和乔。他们是兄弟俩，都是纯种的爱斯基摩狗。尽管他们是一母所生，可性情天差地别。贝利最大的缺点是善良过度；乔恰恰相反，阴郁内敛，眼神毒辣，牙齿外露。巴克向他们示好，戴夫对他们不理不睬，斯匹茨则打算给他们来个下马威。贝利先是摇尾乞怜，发现没用，转身就跑，甚至被斯匹茨的尖牙咬住腹部时还没放弃求饶。对付乔可没那么容易，无论斯匹茨怎样在外围打转，乔只在原地跟着转。他刚毛直立，竖起耳朵，扭动嘴唇，咬紧牙关，龇牙低吼，眼露凶光，蓄势待发，仿佛咄咄逼人的战神。斯匹茨不得不打消制服他的念头，可为了掩饰自己的窘迫，又把矛头指向毫无防备、可怜兮兮的贝利，贝利吓得慌忙躲进了帐篷。

傍晚时分，佩罗又带回一条狗。这是一条老爱斯基摩狗，骨架高挑，瘦削憔悴，脸上布满战斗的伤痕。一只眼睛射出威光，似乎在警告别的狗自己是不容侵犯的，这正暗合了他的名字——索尔·拉克斯，寓意愤怒的狗。像戴夫一样，他不取不舍，无欲无求。他大摇大摆、装腔作势地走进狗群，连斯匹茨也不敢惹他。巴克不幸发现他有个怪癖——他不喜欢别的狗从他瞎眼的那边靠近。有一次，巴克不小心触犯了这一禁忌，结果饱尝苦果。索尔·拉克斯旋风般朝他扑去，在他肩膀上撕开一道七厘米深的口子，连骨头都露在了外面。从此，巴克谨记于心，避开他瞎眼的一边，再也没惹祸上身。像戴夫一样，索尔·拉克斯唯一公之于众的野心就是不被侵犯。不过此后，巴克发现他俩都有另外一个更隐秘的野心。

那天晚上，巴克怎么也睡不着。白茫茫的冰雪世界里，帐篷射出的烛光正热情地向他招手。他踱步走进帐篷，佩罗和法兰索瓦叫骂着用厨具把他轰了出来。他惊恐万状，灰溜溜地逃回冰雪世界。刺骨的寒风咬噬着他，好像在给他受伤的肩膀注射毒液。他躺在雪地上，努力想要入睡，可浑身冻得瑟瑟发抖。悲惨的处境让他垂头丧气，他绕着帐篷踱来踱去，发现无论哪儿都是一样冰冷。受惊的恶狗不时向他发起攻击，巴克刚毛直竖，龇牙威胁，他们再也没敢造次。

终于，他灵光一闪，决定回去看看那几个同伴是怎么御寒的。真奇怪，他们消失不见了。他又开始在冷冷清清的营地上踱步，找寻他们的踪迹，却无功而返。难道他们进了帐篷？不可能，否则他也不可能被赶出来。那他们去了哪儿？他尾巴下垂，浑身发抖，孤独而凄凉，漫无目的地在帐篷周围打转。突然,他的前腿陷进了雪地,感觉里面有个东西在蠕动。他大吃一惊,跳了出来,刚毛直立,龇牙低吼,无名恐惧袭上心头。可一声友好的尖叫让他镇定下来,他正要走近看个究竟,这时雪洞里升腾起一股暖流,直击鼻孔。他低头一看,发现贝利正舒舒服服地蜷缩在里面。他亲切友好地朝巴克低吠,来回扭动身体以示善意,还壮着胆子伸出温暖湿润的舌头,舔舔巴克冰冷的面孔。

这可又给巴克上了一课。原来,别的狗是这样御寒的。巴克兴致勃勃,选了个地方,笨拙而细致地挖了个洞。一转眼工夫,身体散发的热量充满整个洞穴,他迷迷糊糊睡着了。白天巴克过得既漫长又艰辛,连做梦都在与逆境抗争,可他睡得十分香甜。

营地上起床的嘈杂声吵醒了他,巴克总算睁开了眼。雪下了一夜,他完全被积雪覆盖了。起初,他甚至忘了自己身处何地。洞穴朝他压下来,随之而来的是深深的恐惧,恰似蛮荒时代祖先对于陷阱的恐惧。目前的生活状态唤起了他对祖先生活的记忆;因为他是文明时代的狗,习惯了养尊处优,没有经历过陷阱,更不可能对陷阱产生恐惧。他全身的肌肉本能地抽搐着，脖子和背脊上的毛发竖立，发出一声撕心裂肺的长啸。他跳出洞穴，两眼茫然，呆立在漫天大雪中，看雪片纷至沓来。巴克站稳脚跟，眼前的营地银装素裹，让他明白了自己的处境，也回忆起自从跟随曼纽出走直到昨夜在雪地上打洞的点滴。

法兰索瓦对他大加赞扬，兴奋地朝佩罗嚷道："我说什么来着，巴克学得快！"

佩罗表情严肃，点了点头。作为加拿大政府的信使，他随身带着的都是重要急件，十分渴望买条好狗，买到巴克让他尤其骄傲。

过了不到一个小时，又有三条爱斯基摩狗加入了巴克的团队。又过了十五分钟，所有狗都套上挽具，开始在通往迪亚峡谷的路上挥汗如雨。终于出发了，巴克很庆幸。尽管拉雪橇十分艰辛，可他发现自己并不是特别抵触。整个队伍干劲十足，这让巴克有些吃惊，自己也慢慢被这股劲头感染了。不过，最让他吃惊的是戴夫和索尔·拉克斯。套上挽具后，他们发生了天翻地覆的变化，不再像以前那样漫不经心、懒散冷漠。现在，他们既警觉又主动，唯恐拉不好雪橇。要是因为别的狗拖拉或内讧，不管什么原因耽搁了干活儿，他们一定很不耐烦。拼命拉雪橇似乎是他们品格的最好见证，是他们活着的唯一目的，也是唯一值得他们骄傲的事。

戴夫是压轴狗，前面是巴克，巴克前面是索尔·拉克斯，其他狗排成一列，由斯匹茨带头走在最前面。

巴克被刻意排在戴夫和索尔·拉克斯中间，这样他能学得更快。

巴克天资聪颖，学得快；戴夫和索尔·拉克斯诲人不倦，教得好。他们从不允许巴克因错误停留太久，必要时锋利的犬牙就是最好的教具。戴夫睿智而公平，从不无缘无故地咬巴克，不过在巴克需要纠正时也绝不姑息纵容，因为有法兰索瓦的鞭子为他撑腰。巴克认识到纠正自己比报复别人的代价要小一些。有一次，短暂休息过后，巴克发现腿被纤绳缠住了，没办法出发，戴夫和索尔·拉克斯朝他扑过去，狠狠地教训了他一顿。结果纤绳绕得更紧了，巴克平心静气地解开了绕在一起的纤绳。经过一天的劳作，他表现良好，同伴们也不再埋怨他。法兰索瓦的鞭子用得也少了，佩罗甚至骄傲地抬起巴克的脚，一丝不苟地帮他检查。

这是异常艰险的一天。他们爬上大峡谷，穿过绵羊营，走出斯凯尔斯和木材岭，跨越厚厚的冰川和高耸的雪山。雄伟的奇尔库特分水岭是盐水和淡水的分界线，翻越分水岭就进入了孤独凄凉的北极地区。他们快速通过了死火山口形成的一系列湖泊，天色很晚时终于到了贝耐湖的尽头。成千上万的淘金人在那儿安营扎寨，抢造船只，以备明年开春冰雪融化后使用。巴克在雪地里挖个坑，蜷缩着疲惫的身体，酣然入睡。第二天天还没亮，巴克就被叫醒，套上挽具，开始在冰天雪地里拉雪橇了。

那一天，他们走了六十多公里被踩实的雪道。可接下来的几天，他们得自己踏出雪道。行走更加艰难，每条狗都已筋疲力尽。按照惯例，佩罗走在队伍前头，穿着带蹼的鞋子，边走边踩实雪道，好让后面的狗容易通过。有时，法兰索瓦也会和他交换一下，但大部分时候都由他负责掌舵，引导狗队前进。佩罗常年往来于冰天雪地，积累了丰富的经验，比如说秋天冰层不厚容易塌裂，水流湍急的地方结不了冰，这些常识对狗队极其重要。

日月轮换，无休无止，巴克拉着纤绳艰苦跋涉。很多时

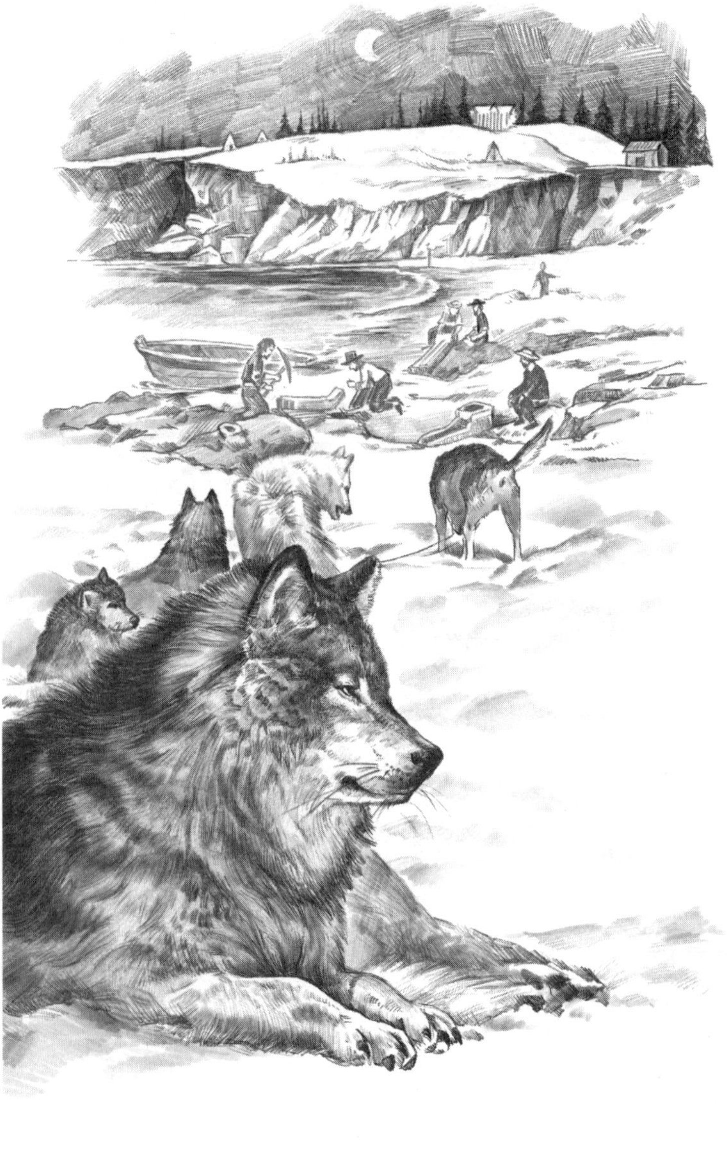

候，他们天不亮就出发。当清晨的第一缕阳光照射大地时，他们已经一口气跑了很远。直到天黑，他们才露营，吃完鱼，挖个坑，沉沉睡去。巴克胃口很大，但每天的口粮是六百八十克重的大马哈鱼干，只够塞牙缝的。他总是吃不饱，一直忍饥挨饿。别的狗体形没他大，生来就过着这种生活，尽管只吃四百五十克重的鱼干，也能维持很好的体能。

巴克很快摒弃了过去养成的洁癖。因为他发现，只要自己吃得慢条斯理，没吃饱的狗就会抢走他剩余的食物，防不胜防。当他在这边和两三只偷食的狗搏斗时，别的狗早已把食物抢走，吞进了肚子。为防止被偷食，他吃得越来越快；因为长期忍饥挨饿，他也不再矜持，开始从别处偷食。他仔细观察四周，并学以致用。新来的狗派克是个偷食贼，很善于伪装。他趁佩罗转身的工夫，干净利落地偷到一块培根。巴克看在眼里，第二天便模仿派克，成功偷到一整块肉。这引起一阵骚乱，可佩罗并没怀疑他，而常常因偷食不讲技巧被抓现行的杜比却受到惩罚，成了巴克的替罪羊。

第一次偷食告捷，标志着巴克能够在严酷的北部地区生存，证明他有能力适应变化的环境，而缺乏这种能力则会迅速而悲惨地死去。这也进一步昭示巴克的道德准则土崩瓦解。要在凶险的搏斗中生存下来,这种无用的道德准则不仅无益,反倒是个障碍。相互关爱、和睦相处是南方世界的生活准则,保护私有财产、尊重个人意愿也只在南方行得通。这儿可是北方,棍棒和犬牙是这儿的生存法则,谁要考虑道德因素谁就是傻瓜,谁要遵守道德准则谁就活不下去。

这些道理巴克无须用脑子推想。他适应性强,这就够了。他甚至还没有察觉,就已经适应了新的生存方式。不论对手多么强大,他从不会不战而逃。红衣壮汉的棒子让他对这种原始的生存方式刻骨铭心。在文明的南方,为了道德和正义,他宁愿死,也不愿挨法官米勒的鞭子,那可是耻辱。现在,他绝不会为了道德和正义忍受皮肉之苦,这充分证明巴克道德准则的瓦解。他偷食不是为了找乐子,而是为了果腹。他不是明抢,而是暗偷,这是出于对棍棒和犬牙法则的敬畏。简而言之,要他违背道德准则比要他遵守来得容易。

他适应得很快,或者说退化得很快。他的肌肉变得像钢铁一样硬实,对疼痛也越发麻木。道德的瓦解和行为的堕落只是为了活下来。不论食物多么恶心、多么不易消化,他通通吃下；一旦吞到胃里，胃液会把所有的养分提取出来，再由血液输送到身体的各个器官，让身体的每个部位更强壮、更结实。他的视觉和嗅觉变得异常灵敏，听觉也十分敏锐，即使在睡梦中也能捕捉到最细微的响声，进而判断出那究竟意味着灾祸还是和平。他学会用牙啃掉蹄趾间结的冰；口渴时，他会后腿直立，用结实的前腿使劲踩破冰窟窿上厚厚的浮冰。他最出色的本领是在前一天晚上就能敏锐地判断风向——他挨着树或靠岸边打洞，洞都是背风的，温暖而舒适。

除了不断积累经验，巴克身上长期被压抑的直觉也被唤醒了，被驯化的迹象消失得无影无踪。他依稀回想起祖先生活的年代，野狗成群结队在原始森林中捕猎，扑倒猎物后蜂拥而上，分而食之。他轻而易举地学会了豺狼搏斗术，或像刀切，或像斧砍，或像钳夹。这就是祖先搏斗的方式。这些方式更快地唤醒了他体内原始的天性。对这些曾在种族遗传过程中烙下印痕的搏斗技巧，他心领神会，且不费吹灰之力，也无须刻意发掘，一切都顺理成章。寒冷寂静的夜晚，他抬起头，遥望寒星，发出狼一般的长啸时，一定听到了那化为尘土的祖先们隔着岁月长河向他发出的呼喊。那长啸抑扬顿挫，仿佛祖先们在诉说哀怨，呼唤巴克重返野性。

那首描述祖先生活的古老歌谣萦绕在脑际，把他拉回了现实：人们在北方发现了黄金，而曼纽只是个园丁助手，工资不足以维持生计，由此起了贪念，把他卖掉。

第三章
狗王争霸

　　巴克心中那股原始野兽的统治欲十分强烈，雪道的恶劣环境让这种欲望暗暗膨胀。他新学会的掩饰技巧让他看起来总是沉着自信，克己自律。他急于适应新的环境，内心总有种紧迫感。他不仅不会挑起战争，还有意避免冲突。他总是从容不迫，深思熟虑，从不鲁莽轻率；就算面对恨之入骨的斯匹茨，也没表现出一丝不耐烦，纵使自己多次被冒犯，也从未反击。

　　斯匹茨则恰恰相反，可能他觉察到巴克是个潜在的劲敌，只要一有机会就朝他龇牙恐吓。他甚至故意挑衅，不断挑起斗争，想拼个你死我活。早在这次旅行开始时，要不是因为突发事件，这场蓄谋已久的决斗可能早已上演。这一天，经过一天的艰苦跋涉，他们在勒巴热湖岸安营扎寨。这地方阴冷荒凉，条件十分艰苦。风卷残雪就像利剑，刮得身上火辣辣地疼。黑暗的降临迫使他们不得不尽快找个地方露宿，选择这儿实属无奈。湖滨背靠着陡峭的悬崖，佩罗和法兰索瓦不得不在近岸的冰面上生火、铺睡袋。穿过迪亚峡谷时，为减轻负担，他们把帐篷扔掉了。零星的浮木燃不起大火,火苗很快熄灭了,他们只好在黑暗里吃晚餐。

巴克在靠近悬崖的地面上挖了洞穴,温暖而舒适,就连法兰索瓦分发解冻的鱼干时他都懒得离开。可当巴克吃完鱼干返回洞穴时,发现洞穴已被占领,里面传来一声低吼。巴克知道,入侵者是斯匹茨。此前,巴克一直避让着他,可这次他实在太过分了。巴克兽性发作,满腔怒火,扑向斯匹茨,他为自己的勇猛大吃一惊。斯匹茨更是始料未及,因为过去和巴克相处的经验告诉他,这个对手是个懦夫,体形巨大,但笨拙无比,只能勉强自保。

法兰索瓦也大吃一惊,但是当两条狗撕咬着从面目全非的洞穴里蹿出来时,他已猜到事发原因。"啊——哈——"他对着巴克大喊,"狠狠地咬,这个肮脏的贼,给他点颜色瞧瞧!"

斯匹茨毫不示弱,愤怒急切地嚎叫着来回打转,伺机进攻。巴克也同样急切、同样谨慎,来回打转等待时机。可就在这千钧一发的时刻,发生了一场意外,狗王争霸不得不往后推迟,其间历经无数艰辛的长途跋涉。

佩罗的咒骂、棍子打在骨架上的脆响、痛苦的嚎叫预示着骚乱的爆发。霎时，营地里到处流窜着毛茸茸的黑影，大概有上百只饥饿的爱斯基摩狗嗅到了营地的气味，从附近的土著村庄赶来抢劫。这群饿狗趁着巴克和斯匹茨打斗，偷偷溜了进来。两个男人跳到中间，用棒子驱赶他们。他们龇着牙，毫不退缩。嗅到食物的气味后，他们更加狂热。佩罗发现一条狗把头埋进食物箱子里偷吃，抡起棒子，照着那瘦削的肋骨猛砸一通，把箱子都打翻了。顷刻间，二十几条饿狗跑来争抢地上的面包和培根。棒子毫不留情地砸向他们，尽管被暴风骤雨般砸来的棒子打得嗷嗷直叫，他们还是留在原地，争抢着把最后一点面包屑舔光。

受惊的雪橇狗们纷纷从洞穴钻出来，可迎接他们的是一群凶残的袭击者。巴克第一次见到这样的狗，他们瘦骨嶙峋，毛皮松弛，眼冒凶光，犬牙外露，垂涎三尺。饥饿让他们变得疯狂、可怕，什么都拦不住他们。雪橇狗被堵截在悬崖脚下。巴克同时被三条饿狗袭击，一眨眼工夫，头和肩膀就被扯开了口子。搏斗的声音令人毛骨悚然。贝利被吓哭了。戴夫和索尔·拉克斯遍体鳞伤，鲜血直流，依然勇敢地并肩作战。乔像个魔鬼，用铁齿咬住饿狗的一条前腿，连血带肉一并吞下，饿狗的骨头暴露在外。狡猾的派克压倒一条饿狗，用锋利的犬牙咬断了他的脖子。巴克逮着一条口吐白沫的野狗，铁齿咬穿他脖子上的静脉血管，鲜血四射，喷了他一脸。暖暖的血腥味让他更加凶猛。他扑向另一条饿狗。就在此时，他感觉脖子被咬住了，是斯匹茨，这个偷袭者从一旁向他发起了进攻。

佩罗和法兰索瓦把饿狗清理出营地后，就来营救雪橇狗，巴克借机挣脱了斯匹茨。被赶跑的饿狗又如浪潮般涌了回来，两人不得不返回去抢救食物，饿狗们又冲过来攻击雪橇狗。凶残的搏斗让贝利吓破了胆，他跳出厮杀的狗群，向冰面逃去。派克和杜比紧随其后，其余的雪橇狗也跟在后面。正当巴克集中力量想要冲向冰面时，眼角的余光瞥见斯匹茨正扑向他，打算把他撞倒。巴克深知，一旦倒下，这群饿狗瞬间就会把他瓜分，绝无生还的希望。斯匹茨撞过来时，他肌肉绷紧，四腿稳扎。结果，斯匹茨扑了个空。巴克紧随雪橇狗队，逃向冰面。

随后，九条狗在湖面会合，一齐跑向森林深处寻找庇护。尽管饿狗没有追来，但他们还是狼狈不堪。每条狗都有四五处伤口,有的伤势还不轻:杜比后腿严重受伤;多利,在迪亚峡谷加入团队的最后一条狗,被撕破了喉咙;乔瞎了一只眼;好脾气的贝利呢,一只耳朵被撕成细条,疼得他整宿地哭嚎。破晓时分,他们一瘸一拐,拖着疲惫的身躯回到营地。打劫者们走了,两个男人垂头丧气,满肚苦水。足足有一半食物被抢走了。这群爱斯基摩狗还把拉雪橇的皮带和上面盖的帆布嚼烂了。事实上,只要能嚼得动的,他们都没放过。他们吃掉了佩罗的一双驼鹿软帮皮鞋,啃掉了好几段皮质纤绳,就连法兰索瓦的鞭子都被吃掉了六十厘米。法兰索瓦双目凝滞,心事重重,发了一阵呆,想起了受伤归来的狗。

"唉,伙计们,"他轻声说,"被咬成这样,可别得狂犬病啊!该死的,可别全疯了。佩罗,你说应该不会吧?"

那信使迟疑地摇摇头。这儿离目的地桑还有六百四十多公里,一旦狗队里狂犬病蔓延,他就无法收场了。他俩边咒骂,边费力地把雪橇修好。整整两个小时后,强忍着伤痛的狗队上路了。可接下来的这段旅程异常艰险,他们只得痛苦挣扎着往前挪步。

接下来是一条四十八公里宽的河,水势凶猛,没有结冰,只在漩涡和水流缓慢的地方才有冰层。雪橇队要跨过这可怕的四十八公里，足足需要六天的艰苦跋涉。之所以可怕，是因为每走一步都有生命危险。有十多次，在前面探路的佩罗踩破冰层，掉进了冰窟窿，幸亏手里横握的长杆像桥一样架在冰洞两边，才得以九死一生。天气严寒，温度计显示为零下五十摄氏度。他每次从冰窟窿里爬上来，都得生火把衣服烤干。

不过，没有什么能让他气馁，因为他是加拿大政府的信使。为此，他敢冒一切风险。他毅然决然，把干瘪的脸朝向冰面，密切关注前进的道路，从天刚破晓到夜幕降临，一刻不停地挣扎着赶路。他们沿着靠近河岸结了冰的地方迂回前进。冰层随时可能破碎，他们一刻也不敢驻足。有一次，雪橇压塌了冰层，戴夫和巴克陷了进去，冻了个半死。等他们被拖上来时，身上都结了冰，差不多快要溺死了，只有生火才可能救活他们。佩罗和法兰索瓦让他俩不停地围着火堆跑，直到跑出汗把冰融化，可因为离火太近了，皮毛都被烤焦了。

还有一次，斯匹茨掉进冰洞，把后面的狗一同拉了进去。到巴克那儿时，他用尽全身力气，前脚掌顶住洞口边缘，向后猛拽纤绳。脚掌在打滑，冰面在抖动，不断向四周裂开。巴克后面的戴夫也在拼命拉绳,法兰索瓦在最后死死拽着雪橇,把韧带都拉伤了。

沿岸的冰层都断裂了,除了爬上悬崖,别无出路。佩罗最先爬了上去,这可真是个奇迹。法兰索瓦欣喜若狂,把所有皮带、纤绳甚至挽具上的绳索都系在一起,做成一根长绳,把狗一只只绑在末端,再由佩罗一只只吊上去。随后,他又把雪橇和货物吊上去,最后才是法兰索瓦。接着,他们又得找准下去的地方。最终,他们还是借助绳索,赶在天黑之前回到了河岸。这一整天,他们只走了四百米左右的路程。

等到了胡大利加,冰冻得结实了一些,路也顺畅了不少。可巴克已经疲惫不堪,其他狗也好不到哪儿去。佩罗为了抢时间,驱赶着他们,日夜兼程。第一天,他们赶了五十六公里路,来到了大鲑河;第二天,又走了五十六公里,到达小鲑河;第三天,走了六十四公里,终于爬上了五指山。

巴克的脚不像爱斯基摩狗的脚那样小巧结实。自从他那最后一批野外生存的祖先被洞穴人或靠河为生的人驯化后,经过一代又一代,他的脚退化得很软了。白天,他一瘸一拐痛苦地拉雪橇,晚上一旦安营扎寨,就像死狗一样睡去了。尽管饥肠辘辘，可他懒得去吃鱼干，法兰索瓦不得不给他喂到嘴边。每天晚餐过后，法兰索瓦会给巴克按摩半个小时脚，还剪破自己的软帮皮鞋给巴克做了四只小皮鞋，这对巴克太有用了。一天早上，法兰索瓦忘记给巴克穿鞋，他躺在地上四脚朝天，淘气地挥舞着蹄子，拒绝上路，引得佩罗那干瘪的脸露出了笑容。日复一日的艰苦跋涉让巴克的脚坚韧起来，他这才把那破得不像样的鞋子扔掉。

一天早上，在贝里河，狗队正在准备行装，一向表现正常的多利突然疯了。他先是撕心裂肺地学着狼叫长啸一声。大家看他不对劲，吓得刚毛直竖。然后，他径直扑向巴克。巴克从未见过疯狗，也没有理由恐惧；不过，他本能地感到恐慌，惊恐万状地逃跑了。巴克拼命往前跑，多利屏住呼吸，口吐白沫，穷追不舍。巴克惊慌失措，多利疯狂追赶；多利追不上巴克，但巴克也甩不掉多利。巴克在小岛山坡上的树林里狂奔，然后箭一般冲下山。跳过山后，通过一条满是碎冰的河道，又冲向下一个岛，接着又跳上第三个岛，然后转弯回到主河道。情急之下，他甚至做出了绝命一跳。他只顾拼命奔跑，无暇回顾身后。不过，他听到多利正咆哮着又一次向他扑去。法兰索瓦在几百米远的地方呼喊他。他掉头往回跑，纵身一跳，差点喘不上气来。这时，他唯一的念想就是法兰索瓦能够救他。法兰索瓦举着斧头，等待时机。巴克从他身边跑了过去，斧头落下，刚好砍到疯狗多利的头上。

巴克踉踉跄跄地靠在雪橇上，几乎瘫倒在地。他喘着粗气，近乎绝望。这正好给了斯匹茨以可乘之机。他扑向巴克。有两次，他的犬牙咬住无力抵抗的巴克，把他撕得皮开肉绽、骨头外露。法兰索瓦朝斯匹茨挥舞着鞭子，巴克心满意足地看着斯匹茨经受最严厉的鞭笞。

佩罗说："斯匹茨就是个魔鬼，总有一天会吃掉巴克。"

"巴克也不是善茬，"法兰索瓦反驳道，"我一直关注着他。你听好了：总有一天，他要发起狠来，会把斯匹茨活活吞下，嚼碎了再吐到雪地上。我发誓，这总有一天会发生的。"

自那以后，巴克和斯匹茨的争斗就没停过。作为领头狗和公认的狗王，斯匹茨觉察到自己的权威正被一条奇怪的南方狗践踏。他之所以觉得巴克奇怪，是因为根据他对大多数南方狗的认识，他们个个软弱无力，难以承受露营和拉雪橇的艰辛，很快就会在冰天雪地里死于饥饿和长途跋涉。可巴克是个例外。只有他经受住考验，活了下来。无论体能、野性还是智谋，他都可以和爱斯基摩狗媲美。不仅如此，巴克还有极强的自制力，红衣壮汉的棍棒让他始终铭记，无论征服的欲望多么强烈，都不能盲目草率地攻击。这一点让斯匹茨更加畏惧他。巴克极富智慧，总能耐心地等待时机，这和野性同等重要。

　　一场狗王争霸赛势在必行。巴克期待着这一天。这是出于本能，因为他被一种难以名状、不可捉摸的自豪感激荡得热血沸腾，正是这种自豪感让每一条狗在雪道上耗完最后一口气，心甘情愿为拉好雪橇赴汤蹈火，又为被淘汰出局而伤心欲绝。这正是戴夫作为压轴狗的自豪，也是索尔·拉克斯拼尽全力拉雪橇的自豪；这种自豪感从启程那一刻起便在他们胸中激荡，把他们这些阴郁消沉的家伙变成拼命、热切、野心勃勃的猛兽。只要干活儿，他们心中就充满了自豪，以至于夜幕降临宿营休息时，心中竟会涌起一份失落和不安。这就是让斯匹茨逐渐树立威信的自豪感，这也是他为何看不惯其他狗的原因。只要有谁犯错或偷懒，或没有在启程时间出现，他就会跳出来教训他一顿。同样，也是这种自豪感让他担心巴克会夺走自己领头狗的位置。他的惧怕正是巴克的自豪。巴克公然威胁斯匹茨的领导地位，总是干涉斯匹茨惩罚偷懒的狗。他是故意这么做的。有一天晚上，雪下得很大，早晨要出发时，狡猾的派克躲了起来，藏在三十厘米深的洞穴里。法兰索瓦叫他叫不应，找他找不着。斯匹茨愤怒极了，疯狂地在营地里找，用鼻子闻，把每个可能的藏身之地挖了个遍，恐怖的吼叫声把藏在雪洞里的派克吓得直哆嗦。最后，派克还是被挖了出来。正当斯匹茨扑过去要教训他时，巴克猛地蹿了出来。他动作麻利，目标精准，挡在了他们中间。斯匹茨被撞得踉跄了几步，摔倒在地。派克刚才还吓得直发抖，看见巴克造反，反而信心大增，朝被推翻的狗王扑了过去。恶劣的环境早已让巴克忘记了公平竞争，他也扑向了斯匹茨。法兰索瓦尽管对巴克的举动深感欣慰，可还是一如既往，秉持公道，使劲用鞭子驱赶巴克。这并没有阻止巴克攻击对手的脚步，法兰索瓦不得不用拴鞭绳的木棒打他。这一击打痛了巴克，他一屁股坐下，又挨了不少鞭子。斯匹茨狠狠地惩罚了一顿胆敢造反的派克。接下来的日子，随着距离道桑越来越近，巴克依旧不断干预斯匹茨的"行政"。不过，他总是趁法兰索瓦不在跟前时秘密地引发暴动，不留痕迹。受巴克影响，被压迫的狗都揭竿而起。除了漫不经心的戴夫和索尔·拉克斯，狗队其他成员的反抗情绪日益高涨。成员之间争吵不断，麻烦连连，战争一触即发。幕后主使总是巴克。这让法兰索瓦疲于应付，因为他知道，巴克和斯匹茨的生死搏斗迟早都会发生。夜里，每当听到狗吵嚷打斗的声音，他就赶忙从睡袋里爬起来，担心巴克和斯匹茨会参与其中。

狗王争霸始终没有发生。一个阴沉沉的下午，他们顺利抵达了道桑，但狗王争霸的隐忧仍未消散。巴克发现遍地都是忙碌劳作的人和狗。生而为狗，命中早已注定要不停劳作。整整一天，长长的狗队都在道桑的主干道上往来穿梭。夜间，狗脖子上的铃铛叮当作响，不绝于耳。他们拖着圆木和柴火，送到山上的矿井。在圣克拉拉峡谷由马干的所有苦活儿累活儿，他们在这儿都得干。巴克不时会邂逅从南方来的狗，他们大多是狼性十足的爱斯基摩狗。每天晚上，在九点、十二点和凌晨三点，他们总会规律地发出一阵怪诞的嚎叫，听起来像齐声合唱。每到此时，巴克也很乐意地跟着嚎叫。

北极光照着凄冷的夜空，寒星不停闪烁，皑皑白雪覆盖着冰冷麻木的大地。爱斯基摩狗的嚎叫是对生活的反抗，尽管音调不高，可其中夹杂着幽怨、婉转悠长、如泣如诉，听起来更像是在向生活乞怜、发泄生存的艰辛。这是一首古老的歌谣，像他们的祖先一样古老，是他们在那个悲伤的远古时代吟唱过的歌谣。经过代代传唱，歌谣中苦难的色彩越来越浓，听起来几乎像凄凉的哭诉。巴克被深深地打动了。他呻吟着，哭泣着，饱含生活的苦楚。这苦楚也正是遥远时代祖先的苦痛，是对寒冷和黑暗未知的恐惧。巴克深受感染，说明他穿过岁月的长河，完全回忆起了蛮荒时代最原始的生活。

抵达道桑后的第七天，他们沿着巴勒司河，翻下悬崖峭壁，上了育空雪道，径直向迪亚和盐湖挺进。返程时，佩罗负责运送的信件似乎异常紧急，再加上他决心创下年度最快运送纪录，就打起精神，不断催促狗队前进。经过一个礼拜的休养，狗队成员身体逐渐康复，拉起雪橇来精神饱满、井然有序。他们来时开辟的雪道被后来经过的人踩得很结实。此外，沿路的警察局设立了两三处专门为人和狗提供食物的贮藏所，狗队这次可谓轻装上阵。

第一天，他们走了八十公里，抵达六十公里河。第二天，他们奔跑在育空雪道上,晚上便到了贝里河。尽管行程很顺利,战绩很辉煌,法兰索瓦还是被麻烦困扰。由巴克暗中激起的反叛精神破坏了狗队的团结,狗队精神涣散,劲不往一处使。斯匹茨的众对手经巴克一鼓动,导致狗队问题横生。他们不再惧怕斯匹茨这个领袖,不再敬畏他的威严,甚至公开挑战他的权威。有一天晚上,派克抢走了斯匹茨的半条鱼,在巴克的保护下大快朵颐。还有一天晚上,杜比和乔一起攻击斯匹茨,而他竟没敢反抗。就连好脾气的贝利也变得没那么胆小怕事了,不再像刚加入狗队时那样谄媚逢迎。每次碰到斯匹茨,巴克总是露出牙齿,竖起刚毛,恐吓他一番。事实上,他总是在斯匹茨眼皮底下大摇大摆,摆出一副盛气凌人的架势。

秩序的破坏同样影响到其他狗之间的和睦。他们相互撕咬恐吓,把营地搅得乌烟瘴气。尽管戴夫和索尔·拉克斯被无休止的争吵扰得心烦意乱,可还是像之前那样漫不经心。法兰索瓦气得不停地咒骂,无助地猛踢雪地、抓扯头发。纵使他不停地鞭打,也收效甚微。他头刚一转过去,这边又厮打在一起。他用鞭子为斯匹茨撑腰,巴克则给别的狗撑腰。法兰索瓦知道巴克是幕后主使,巴克也知道自己的计谋被识破了。他拉雪橇从不偷懒，因为在雪道上挥汗如雨是他的骄傲；然而，暗中策划一场战争，把纤绳绕在一起，更让他感到骄傲。

一天晚上，他们来到塔基娜河口。晚餐过后，杜比发现了一只雪兔，却追丢了。顷刻间，狗队乱成一团。九十米以外的地方是西北警察局的营地，里面五十多条爱斯基摩狗也加入了这场猎捕。雪兔沿河岸飞奔而下，转个弯，跳进小河，在厚实的冰面上轻盈地飞奔。狗队前进得可就没那么轻省了。巴克领着六十多条狗，东奔西突，就是逮不到雪兔。他志在必得，急切地叫唤着，壮硕的身影在皎洁凄凉的月光下如闪电般跳跃着。雪兔像个白色幽灵，箭一般拼命逃窜。正如原始本能激发人类走出舒适的城市，进入原野森林，用猎枪捕杀猎物一样，这一本能加上杀戮的快感和对血的渴望驱使着巴克。他一马当先，拼命追赶，期待用利齿咬住这顿鲜活的大餐，用温暖的血液冲刷口鼻。

这是生命巅峰的狂喜，除此没有什么能彻底激发他的生命力。这种狂喜，这种忘我的境界完全左右了巴克，他感觉自己像一团燃烧的火焰，又像在残酷的战场上疯狂厮杀的战士。他一路领先，像狼一样嗥叫，拼命追赶月光下迅速逃窜的鲜活美味。这是天性的释放，一种超越自我、回归本原的天性释放。他感觉到生命的顽强，感觉到每块肌肉、每个关节、每根筋腱都在欢快地歌唱，所有细胞都活跃起来，生命之火在舞蹈、蔓延。他停不下来，头顶着繁星，脚踩着雪地，跑得热血沸腾。

　　冷酷无情、工于心计的斯匹茨此刻悄悄离开狗群，当狗群沿着小河拐大弯的时候，他抄小道，提前抵达了对面。所以当巴克沿着大弯道追赶前面飞驰的白色幽灵时，他看见一个更大的白色幽灵从对岸径直跳过来，阻断了猎物逃窜的出路。这个更大的白色幽灵正是斯匹茨。野兔还没来得及躲闪，白色的犬牙已咬进他的背部。他难逃死亡的魔爪，发出一声惨烈的嚎叫。一个生命陨落了。紧随巴克的狗群停了下来，欢庆这场杀戮完美收官。巴克没有心情庆祝。他控制不住心头的怒火，朝斯匹茨猛扑过去，可并未咬住他的脖子。他俩在雪地里翻滚厮打。斯匹茨站起来，毫发无损，把巴克肩头扯出一道口子后，迅速逃离。有那么两次，他的牙齿牢牢咬住巴克，就像捕兽铁夹一样有力。他嘴唇翻卷着，牙齿暴露着，跳开去，稳稳地立在那儿。

　　巴克猛然意识到，决斗的时刻到了——这是通向死亡的决斗。他们龇牙低吼,耳朵直竖,边转圈边伺机出击。巴克的记忆被唤醒了——白树林、大地、月光、战场的嘶吼。白色笼罩下是死一般的沉寂。空气凝固了,万籁俱寂,只有狗嘴里吐出的白气袅袅升起。猎杀提前中止了,这群未经驯化的狗豺狼般围成一圈,期待着分到一杯羹。他们屏息凝神,目光中流露出贪婪。巴克对此并不陌生,这是远古时代的场景。在他看来,一切正常。

斯匹茨作战经验丰富。从斯匹茨卑尔根岛到北极,从加拿大到蛮荒的北部,他与形形色色的狗搏斗,终于取得了统治权。他搏斗时勇猛无比,目标明确。尽管急于打垮对方,可他从不会忘记对手也同样急于击败自己。做好充分准备之前,他绝不草率出击;确保自己能够抵挡之前,他从不去攻击对方。

巴克努力咬住斯匹茨的脖子,可几次都未成功。他的牙齿咬到哪儿,斯匹茨也用牙齿予以回击。犬牙交错,嘴唇破了,鲜血直流,可巴克总不能攻破对手的防御。他被激怒了,围着斯匹茨如旋风般奔跑。他心急如焚,一次次努力咬住斯匹茨的脖子,可对方每次都逃脱并予以回击。

巴克不停地奔跑,似乎只为咬住脖子。突然,他头一缩,身子向里一拐,用肩膀猛烈撞击斯匹茨的肩膀,希望能像千斤夯锤一样几乎把他撞倒在地。可事实上,巴克每次都撞了个空,斯匹茨总能轻而易举地避开他的攻击。

巴克鲜血直流,上气不接下气,斯匹茨却毫发无损。战争进入白热化。其他狗个个屏息凝神,虎视眈眈。他们围成一圈,等着把倒下的战士撕成碎片。趁巴克累得气喘吁吁,斯匹茨开始围着他狂奔,企图把他转晕,直到站不稳脚跟。一旦巴克倒下,围观的六十多条狗会马上冲上来,结束他的性命。不过,他们见巴克又抖擞精神,只得蹲回原地,等待时机。

巴克具备一种伟大的品质——想象力。他攻击对手不仅凭直觉,也用头脑。他又一次猛扑过去,似乎要去撞击对方的肩膀。不过,他最终还是选择从低处进攻,用牙齿死死咬住斯匹茨的左前腿,用力撕咬直到把他的骨头咬断。这下,斯匹茨只能用三条腿和他对抗。巴克抓住时机,连续进攻了三次,每次都重复第一次的战术,终于咬断了斯匹茨的右腿。斯匹茨强忍着疼痛,无助而疯狂地挣扎着爬起来。他眯起眼睛,伸出舌头,口吐白气,眼看着那群沉默的畜生不断向他逼近。他击败对手时曾见过这一幕,只不过这次是他自己被打垮了。

斯匹茨没有一丝转败为胜的希望，巴克却不依不饶。在如此恶劣的生存竞争中，对敌手仁慈是既荒唐又可笑的举动。他集中力量，给予对手致命一击。围观的狗群一再逼近，直到他能感受到他们呼出的热气。他越过斯匹茨，看到对面的狗正蹲伏着，眼睛直直盯着猎物，准备随时出击。每条狗都像被施了魔法，一动不动，就像石雕。只有斯匹茨颤抖着身体，肌肉紧绷，跌跌撞撞地发出可怕的咆哮，企图赶跑死神。巴克猛扑过去，击倒斯匹茨后迅速撤离。这一回，围观的狗也随着扑了过去。白雪茫茫，月光皎洁，那个黑森森的圆圈逐渐聚焦成一点，斯匹茨消失在黑点中。巴克站在那儿，俨然一位获胜的君王，傲视群雄。他终于战胜对手，夺得了统治权。

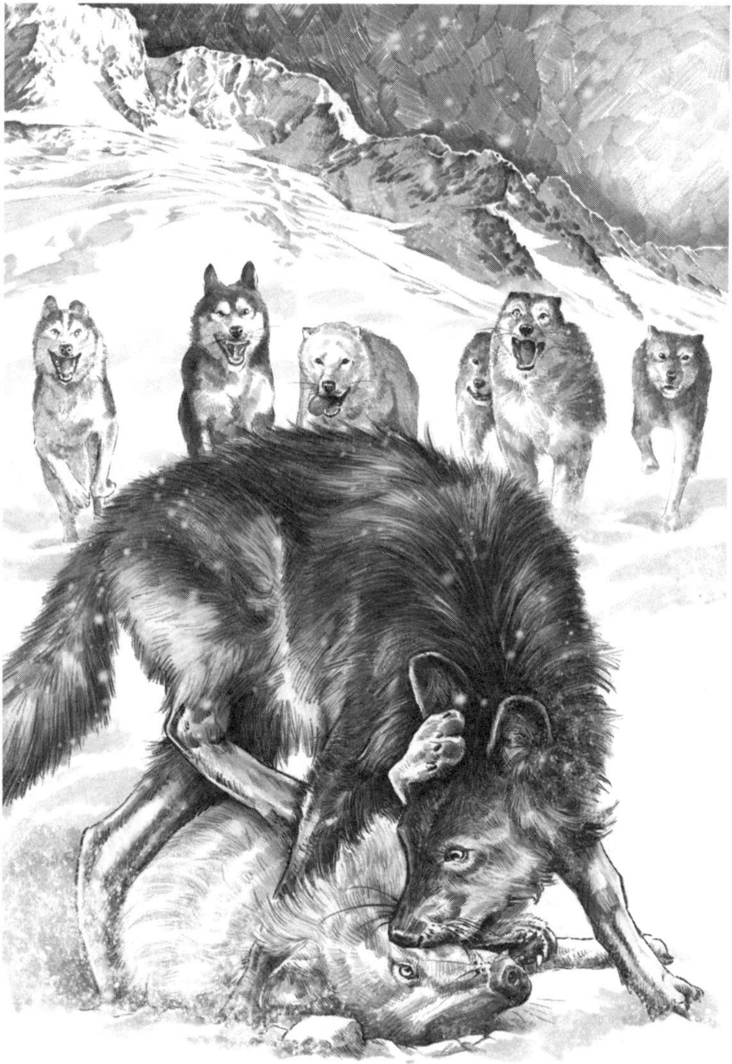

第四章
新狗王

"啊！我说什么来着！我说巴克是个魔鬼，没错吧？"第二天早上，法兰索瓦发现斯匹茨失踪了，巴克浑身是伤。他把巴克拉到火堆旁，借着火光检查他的伤口。

"斯匹茨打得太猛了。"佩罗边说着，边端详巴克身上裂开的大口子和被牙齿咬伤的痕迹。

"巴克比他凶猛好几倍！"法兰索瓦回答说，"接下来我们走得会更快。斯匹茨一死，麻烦就没了。"

佩罗把宿营装备打包好，安放到雪橇上，赶狗人开始给狗套挽具。

巴克迅速跑到之前斯匹茨的领队位置，可法兰索瓦没留意，把索尔·拉克斯拉到了巴克觊觎已久的位子上。他认为，在余下的狗中，索尔·拉克斯担任领队再合适不过。只见巴克愤怒地扑向索尔·拉克斯，把他赶到后面，自己站到那个位子上去了。

"哈——哈——"法兰索瓦兴致勃勃地一拍大腿，大声嚷道，"你瞧瞧巴克，他杀了斯匹茨，原来是要当领队呀！"

"走开，巴克！"他大声呵斥，巴克就是不动。他一把抓住巴克的脖颈，任他怎么咆哮威胁，还是把他拖到一边，换上了索尔·拉克斯。老拉克斯并不情愿，显出惧怕巴克的神情。法兰索瓦坚持由索尔·拉克斯领头，可他刚一转身，巴克又把索尔·拉克斯撵走，站到了领队的位置。索尔·拉克斯也心甘情愿让位给他。法兰索瓦生气了："好吧，看我怎么教训你！"说着，他抄起一根大棒，冲了回来。巴克见此，想起了红衣壮汉，慢慢挪开了。当索尔·拉克斯再一次站到领队位置上时，他也没再攻击，只是愤怒地龇牙嚎叫着，在大棒外围打转，同时密切注视着棍棒，以便在法兰索瓦打他时躲开，他可知道棍棒的厉害。赶狗人执意按原计划拉雪橇，把戴夫前面、巴克原来位置上的挽具拥好，叫巴克过去，巴克却直往后退。法兰索瓦叫了几次，巴克就是不过去。他以为巴克怕挨打，扔掉了手中的大棒。可巴克还是公然反抗。他不是为了逃避棒打，而是要夺取领导权。他认为这是他的权利，是他通过战争赢得的，如果不能如愿以偿，他定不会善罢甘休。佩罗也来帮忙。他们和巴克的拉锯战持续了大半个小时。他们用大棒砸他，巴克就闪到一边。他们诅咒他，骂他的八辈祖宗，骂他的子孙后代不得好报，骂他身体上的每根毛发和血管里的每一滴血；巴克用咆哮予以回应，就是不让他们抓到自己。他并没有跑远，只在营地来回转悠，试图告诉他们，只要他的心愿得到满足，他就过来上任，并且好好带队。法兰索瓦坐下来，挠了挠头。佩罗看了看时间，气得又骂了几句。时间过得飞快，一个小时前他们就该上路了。法兰索瓦又挠了挠头。他摇摇头，难为情地对信使咧咧嘴。佩罗无奈地耸耸肩，叹了口气，承认自己甘拜下风。法兰索瓦走到索尔·拉克斯所在的领队位置，召唤巴克回来。巴克只是笑了笑——那是典型的狗的笑容，却不走过去。法兰索瓦解开索尔·拉克斯的挽具，把他套到原来的位置上。这下，除了为巴克留下的领队位置，整个狗队各就各位，等待上路。法兰索瓦再次呼唤巴克归队。巴克又笑一笑，还是站着没动。"扔掉棒子！"佩罗命令道。

法兰索瓦扔下棒子后，巴克这才跑过来。他得意地笑着，大摇大摆地走到队伍前面领队的位置。巴克套上挽具后，雪橇队朝河道奔去，两个男人小跑着跟在后面。

尽管法兰索瓦此前就很看好巴克，夸他是可以和斯匹茨相匹敌的魔鬼，可巴克领队还不到半天，他就发现自己还是低估了巴克。巴克跳上领袖的位子后，处事公正，反应敏捷，行动果断，比斯匹茨更胜一筹，这倒是法兰索瓦以前从未想到的。

巴克是个优秀的领队。他擅长发号施令，领导力很强。戴夫和索尔·拉克斯并不介意谁当领队。这不关他们的事。他们只负责努力拉雪橇。只要没人干扰他们，他们才不关心发生什么事呢。对好脾气的贝利来说，只要有领队，他什么事都愿意做。其他几条狗在斯匹茨任职后期变得很不听话，然而现在，只要他们犯规，巴克一定有办法对付他们，这让大家刮目相看。

以前，紧紧排在巴克后面的派克不是情非得已，绝对不会绷紧胸前的纤绳卖力拉；现在，他知道一旦偷懒立刻就会遭受惩罚，结果第一天还没结束时，就使出以前从未使出的力气拼命拉雪橇了。当晚宿营时，阴郁的乔被狠狠教训了一番。巴克只是把自己庞大的身躯压在他身上，就差点让他窒息。巴克不住地啃咬他，直到他停止反抗，开始求饶。狗队很快变得秩序井然，恢复了过去的团结一致，又一次齐心协力，拖着雪橇奔向前方。在水流湍急的瑞恩克河，两条当地的爱斯基摩狗加入了狗队，一条叫提克，一条叫科娜。巴克带着作为领队的威严很快驯服了他们，这也让法兰索瓦大为吃惊。

"我可从没见过巴克这样的狗！"他兴奋地喊道，"是的，从来没有！他值一千块。你说呢，佩罗？"

佩罗点点头，表示赞同。他走得比来时快多了，每天都创造着新的纪录。雪道路况很好，被踩得结结实实，而且新近没有落雪。天气不算太冷。温度降到零下五十摄氏度后，整个返程都保持着这一温度。两人一会儿坐雪橇，一会儿跑路，而狗队一直欢蹦乱跳着前进，中间累了就停下来休息几次。

回来的途中，那条四十八公里宽的河的冰结得厚了一些，去时走了十天的路程现在只要一天就能走完。有一次，他们一口气跑了九十六公里路，从勒巴热湖的这头一直跑到白马河。穿过总共一百一十二公里长的玛尔斯湖、塔吉斯湖和贝耐特湖时，狗队跑得飞快，那个跟着跑路的人总是被落在雪橇后头，被连拖带拽着往前。第二个礼拜最后一天晚上，他们爬上怀特山口，又借着斯堪格威的灯火沿着山坡下到海边。这段旅程他们一连跑了十四天，平均每天跑六十四公里，创下了新的纪录。接下来的三天，佩罗和法兰索瓦挺着胸脯，骄傲地在斯堪格威的大街上走来走去。邀请他们去喝酒的人络绎不绝，狗队也成了赶狗拉雪橇的人所崇拜的偶像。不久从西部来了三四个人，他们居心叵测，企图把斯堪格威洗劫一空，结果被打得溃不成军，公众的注意力随之转移到他们身上。因为这次意外，雪橇队耽搁了紧急公文的派送，官方下令革除法兰索瓦和佩罗的职务。法兰索瓦把巴克叫到跟前，用胳膊搂着他的脖子，泪流满面。这是巴克最后一次见到他们。像其他人一样，他们从巴克的生活中消失了，一去不复返。

一个有一半苏格兰血统的人接管了巴克和他的狗队，他们同其他十二支狗队一起，开始了返回道桑的艰苦旅程。每一天，他们都拖着沉重的雪橇，艰难跋涉着，没有一天创下纪录。他们这次护送的全是邮件，是四面八方的人写给北极冰天雪地里那些淘金人的信件。

巴克不喜欢这项任务，但还是很卖力地工作，像戴夫和索尔·拉克斯一样，以干好工作为荣。其他的同伴，不管他们是否以工作为荣，也都尽力干好自己分内的事。生活单调乏味，日复一日，一成不变。每天早上的特定时刻，厨子出来生火，做早饭，然后大伙儿吃早饭。接着，部分人收拾营寨，部分人给狗套挽具。黑暗退去、黎明来临前的一小时，他们动身上路。到晚上安营扎寨时，有人搭帐篷，有人砍柴火，有人用松树枝搭床铺，还有人给厨子打水、取冰块。这时，狗也有东西吃。对他们而言，这是一天中最开心的时刻。吃完鱼后，一百多条狗搭伴，一起四处闲逛上一个小时。其他狗也有善战的，不过和巴克单挑几次后，都俯首称臣、甘拜下风。所以，只要巴克竖起刚毛，露出牙齿，他们就都灰溜溜地走开了。

巴克最喜欢卧在篝火旁，屁股坐在后腿上，前腿伸向前，头抬着，眼睛半睁半闭，对着火焰做梦。有时，他想起法官米勒的大房子，沐浴着圣克拉拉山谷温暖的阳光，想到水泥游泳池，想到那条墨西哥无毛犬伊莎贝尔，还有日本哈巴狗宝贝。不过，他最常想起的还是红衣壮汉、柯利之死、与斯匹茨的决斗，还有那些他吃到的和没有吃到的美食。他并不想家。那块洒满阳光的土地已变得遥远而模糊，不再有吸引力。更吸引他的是对祖先的回忆，这些回忆让他对现实生活中从未见到的事物有一种似曾相识的感觉。当对祖先的那些回忆变成一种习惯，就逐步演化成了本能。这本能曾经日渐衰弱,但近来又在他身上再次活跃起来。

有时他卧在火旁,眯起眼睛,对着火焰发呆,好像那火焰来自另一个世界,他看到的人也不是混血的厨子,而是另一个人。这人腿很短,臂很长,青筋暴露,疙疙瘩瘩的,肌肉一点也不圆润、不饱满。头微微向后倾,头发又长又乱,直挡到眼睛。他说着奇怪的话,不时窥视着黢黑的四周,好像很害怕。手垂在膝盖以下脚以上,手里紧攥着一根棍子,棍子末端牢牢绑着一块石头。他并非裸体,肩上披着一张破破烂烂的、被火烤焦了的兽皮。身上长着很多毛,从胸部到肩膀再到胳膊和大腿外侧的地方覆盖着厚厚一层乱糟糟的毛发。他没有站直,髋骨以上的躯干向前倾斜着,好像要倚靠在大腿上,腿部从膝盖处打着弯。这身形看来极富弹性,与猫十分相似。他表现得很警觉,好像长期置身于可见与不可见的危险中的人一样。

有时候,这个毛人蹲坐在篝火旁,头夹在两腿间,用毛茸茸的胳膊为自己挡着雨,酣然入睡。巴克越过篝火,环顾黑暗的四周,看见无数闪光的、总是成对出现的小球。他深知,这是巨大的猛兽的眼睛。他还听到他们穿过灌木丛时沙沙作响的声音,和夜晚嚎叫的声音。他在育空河边守着篝火,眼睛迷离地看着火焰发呆。这些来自另一个世界的声音和情景让他浑身毛发直竖，直到忍不住低声呜咽，或轻声低吼。这时，混血厨子朝他大喊道："喂，巴克，醒醒！"另一个世界随之消失，真实世界重现在眼前。他站起身，打打哈欠，伸伸懒腰，好像方才在做梦一般。

旅途艰辛，沉重的信件几乎让他们体力不支。到达道桑时，他们体重下降、疲惫不堪，本该休息十天或至少一个礼拜。可仅仅两天后，他们就拖着淘金人寄给外面世界的信件，通过巴拉克斯，下到育空河岸了。狗队筋疲力尽，赶狗人也满腹牢骚，更不幸的是，天还下着雪。雪道松软，跑路的人面临更大的阻力，路面更易打滑。不过，赶狗人应付得还不错，也尽力让狗队走得轻松些。

每天晚上，狗都优先得到照顾。他们吃完后，赶狗人才吃。检查完他们的脚后，大家才睡。不过，狗的体能下降得还是很快。入冬以来，他们共跑了两千八百公里，全程都拖着沉重的雪橇，连最强壮的狗也会吃不消。尽管自己也已力不从心，巴克还是强打起精神，鼓励同伴，维持着狗队秩序。每天晚上，贝利都会在梦里挣扎嘶吼。乔比以前更闷闷不乐。不论从瞎眼的一边，还是从看得见的一边，索尔·拉克斯都不让人靠近。

不过，戴夫的问题最严重。也不知哪里出了毛病，他变得更加郁郁寡欢，焦躁易怒。大家一搭起帐篷，他就打洞钻进去，也不出来吃食，赶狗人只能在洞口给他喂食。一解下挽具，他就瘫倒在地，直到第二天早上要套上挽具时才站起来。拉纤绳时，雪橇停住后那猛地一震或启动时猛地一使劲，都让他痛得直嚎。赶狗人给他做检查，可什么都没发现。所有赶狗人都关心起他来，吃饭时讨论，睡前吸最后一支烟时讨论。直到有天晚上，他们干脆围坐在一起商量对策。他们把戴夫从洞穴拉到篝火旁，压倒在地，用手指捅他的内脏，直到他痛苦地嚎叫。他们断定是某个内脏出了问题，但找不到断骨，想不通究竟哪里出了问题。

抵达卡西亚酒吧时，戴夫虚弱极了，多次套着挽具跌倒。一半苏格兰血统的人叫狗队停下，让戴夫出队，把索尔·拉克斯换到他的位置上。他想让戴夫休息，只让他跟在雪橇后面跑。尽管生病了，可戴夫讨厌被淘汰出局。解下挽具时，他不停地咆哮着，以示反抗。看见索尔·拉克斯站在自己一直服务的岗位上时,他撕心裂肺地抽泣不止。因为他为自己能为狗队付出而骄傲,所以尽管病入膏肓,也不能忍受别的狗取代自己的位置。

狗队启程了,戴夫沿着雪橇外缘没有踩实的雪地挣扎着朝索尔·拉克斯扑过去,试图把他撞到雪橇另一边没踩实的雪地上,然后再跳到自己原来的位子上拉纤绳。他不停地嚎叫着,呜咽着,痛苦不堪。赶狗人想用鞭子赶走他,可他就是不走,赶狗人也狠不下心来再去打他。戴夫不愿意跟在雪橇后面安静地跑,尽管这样路会好走一些,而宁愿沿着雪橇边缘在松软的雪地上跑。可是路不好走,他很快就筋疲力尽,倒了下去。眼看着长长的狗队拉着雪橇驶向前方,他悲恸地发出一声长嚎。

他拼尽最后一点力气,跌跌撞撞地跟着狗队,直到狗队又一次停下。他挣扎着走到原先的位置,和索尔·拉克斯并肩站立。赶狗人溜达着去和后面的人借火点烟,随后赶着狗队出发了。狗队没怎么费劲就走了一大截,他们觉得不对劲,停下来不安地左顾右盼。赶狗人也吃了一惊,奇怪雪橇怎么没动。他叫同伴过来检查,发现戴夫咬断了索尔·拉克斯肩膀两边的纤绳,然后直接站到原本属于自己的位子上去了。

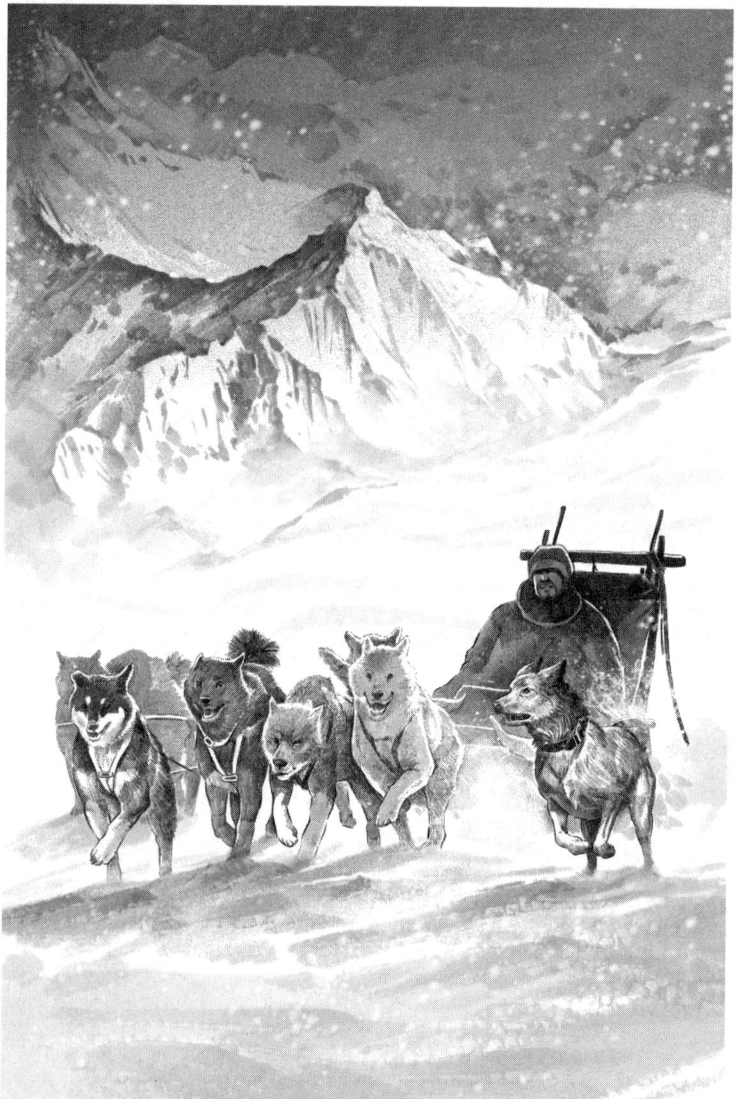

他用乞求的眼神望着赶狗人，希望能让他留下。赶狗人有些恼火。可同伴们说起他们以前听过的故事，有条狗因为不能工作伤心致死，还有几条狗因为年老或受伤被淘汰出雪橇队伍，结果被活活气死了。他们都同情戴夫，尽管他无论如何都会死，也要让他心满意足地死在工作岗位上。人们又给他套上挽具，他不止一次因为内伤疼得叫出声来。有好几次，他摔倒了，只能被纤绳拖着前进。还有一次，雪橇从他身上碾过，他依旧用一条后腿一瘸一拐地跟着狗队前进。

他坚持跟到了营地，赶狗人让他靠近火堆躺下。第二天早上，他已经虚弱得不能走了。该套挽具了，他挣扎着爬到赶狗人旁边，抽搐着努力站起身，慢慢挪到给队友们上挽具的地方。他先迈出前腿，又拖动身体往前挪了几十厘米。他没有力气了。同伴们离去时，他躺在雪地里喘着粗气，乞求他们不要丢下自己。狗队走到树林那边时，仍旧能听到他悲恸的哭声。

狗队停了下来。苏格兰混血男人慢慢走回宿营地。大家不再说话了。左轮手枪走了火。随后，那人匆忙赶了回来。他扬起鞭子，狗脖子上的铃铛叮当作响，雪橇队浩浩荡荡向前开进。可巴克清楚，别的狗也清楚，小树林后边发生了什么。

第五章
艰苦跋涉

离开道桑的第三十天,被命名为盐湖邮队的雪橇队由巴克和他的同伴打头,返回斯堪格威。他们筋疲力尽,惨不忍睹。六十三公斤的巴克瘦到只有四十多公斤出头。他的那些同伴本来就没有他重,可体重减轻得更多。善于伪装的派克,以前为了偷懒总是假装一条腿瘸了,而且总能得逞,现如今他是真瘸了。索尔·拉克斯走路也是一瘸一拐。杜比的肩胛骨严重扭伤。

他们强忍着脚上的剧痛,再也不能连蹦带跳了,每走一步都很艰难。腿重重地踏在雪道上,整个身体随之振荡,更感疲惫。他们不是生病,只是太累了。这不是因为短时间用力过猛,要是这样,不出几个小时,他们就能恢复体力。这是日复一日、一连数月无休止的劳作造成的能量流失,无法在短时间内恢复。他们的力气耗尽了,每块肌肉、每根纤维、每个细胞都失去了活力。过去不到五个月的时间,他们跑了四千多公里,跑最后两千九百公里路时只休息了五天。到斯堪格威时，他们很明显已经走不动了。拉雪橇时连纤绳都拉不紧，下坡时只能对付着不被雪橇撞到后腿。

"加油！可怜的跛脚伙计。"赶狗人激励着他们走完斯堪格威的最后一段路。

"他们必须休息，不能再走了。你觉着呢？这趟旅途可真长！"另一个赶狗人说。

赶狗人原本对接下来的长假信心满满。他们跑了三千二百公里，只休息了两天，于情于理都该好好休养一段时间。可拥向克朗代克淘金的人太多了，留守在家不能随行的情人、妻子、亲属也太多了，待送的信件堆积得快有阿尔卑斯山那么高了；除此之外，还要派送公文。这些因劳累过度被毁掉的狗留着毫无用处，赶狗人只能把他们卖掉，能换多少钱算多少钱，再买来精力充沛的哈得孙湾犬。

抵达斯堪格威已有三天，巴克和同伴在这三天里，才有时间真正去感受什么叫疲惫和虚弱。第四天，两个美国人以低价买下狗队和所有配套挽具。这两个人彼此称呼对方哈尔和查尔斯。查尔斯是个中年男子，面色苍白，眼睛水汪汪的，但缺少神气，胡子向上翘起，隐藏在背后的嘴却向两边耷拉着，看起来极不相称。哈尔只有二十来岁,浑身最显眼的地方要数腰间的皮带了,上面别着一把左轮手枪,插着一把大刀,鼓鼓的弹夹挂在上面叮当作响。这说明他很幼稚——不是一般的幼稚。很明显,两个人都不是赶狗驾雪橇的料,这样的人为什么要冒险去北极,真让人百思不得其解。

巴克听到他们讨价还价,看到买狗的把钱递给政府职员,心里就清楚了:这个苏格兰混血男人和别的赶狗人会像佩罗和法兰索瓦以及他先前遇见过的人一样,从他的生命中永远消失。新主人的营地一团狼藉,凌乱不堪:帐篷塌了一半,没洗的碗碟堆积如山。巴克还看见一个女人,查尔斯和哈尔叫她梅塞德斯。她是查尔斯的妻子,哈尔的姐姐——这可真是个不错的家庭组合。

巴克看他们手忙脚乱地卸下帐篷,打好包放在雪橇上。他们做起事来既笨拙又费力,一点也不麻利。帐篷卷了老半天,看起来还是原来那么大,既不整齐也不紧凑。马口铁碗碟还没洗就打包起来了。梅塞德斯总是对两个男人指手画脚,觉得这也不对,那也不好。他们把衣服箱子放到雪橇前面的架子上,又在上边摆了两三个包裹。这时,梅塞德斯发现有东西落下了。这东西除了放在后边架子上,找不出别的地方可以安放,他们只得又把包裹一个个卸下来。

旁边帐篷里走出来三个人,他们看到这种情况,相互挤眉弄眼,在一旁打趣。

"你们搁在雪橇上的东西太重了。"其中一个人说,"虽然不关我的事,可要是我就把帐篷留下了。"

"见鬼去吧,没有帐篷我们怎么过!"梅塞德斯恼火地挥舞着胳膊说。

"春天来了,晚上也不算冷。"那个人回答说。

梅塞德斯坚决不同意。查尔斯和哈尔只能把零零散散的东西都塞到堆得像小山一样高的雪橇上。

"雪橇能动弹才怪!"其中一个人说道。

"怎么不能动弹?"查尔斯不服气地反问道。

"哦,没事,没事。"那人恭顺地回答道,"我只是个旁观者。不过,雪橇看起来确实有些头重脚轻。"

查尔斯掉头不语,狠狠用鞭子抽打狗队,可并不奏效。

"当然,您的狗拖着这雪橇走一整天都没问题。"旁边的另一个人说。

"那是当然！"哈尔冷冷地回答。他一手拿起方向舵，一手扬起鞭子，大喊道，"驾！狗儿们，走起来！"

狗队向前跳了一跳，绷紧胸前的纤绳，使了好一会儿劲，雪橇还是一动不动。无奈，他们只能松懈下来。

"懒货们，得给你们点颜色瞧瞧！"他破口大骂，正准备用鞭子赶他们出发。

这时，梅塞德斯从他手里夺下鞭子，哭着喊道："哈尔，不能再打了，可怜的小家伙！现在，你必须保证，途中一定要善待他们，要不我就不走了。"

"你还真把这帮畜生当宝贝！"哈尔对她嗤之以鼻，"我看你还是省省吧。狗就是懒，我和你说，你不打他们是不会卖力的。就得这么待他们。不信你问问旁边的人。"

梅塞德斯哀求地看着他们，面对狗的苦难她无能为力，只能把满腹怨气写在脸上。

"如果你一定要问，我想说他们现在虚弱到了极点，"旁观者中有人回答说，"他们已经筋疲力尽了，怎么拉也拉不动。他们得休息休息。"

"休息就免了吧。"哈尔冷冰冰地说。梅塞德斯听了这话，痛苦地叫出声，为狗感到惋惜。

不过，她马上又站到兄弟一边，替他说话。"别听他的！你赶的是咱自己的狗，你想怎么赶就怎么赶！"

哈尔的鞭子又落了下去。他们把力气集中到胸前的纤绳上，脚用力踩着结实的地面，埋下头，使出浑身的力气，可雪橇就像钉在了地上。使了两次劲后，雪橇还是一动不动，他们只能喘着粗气站在原地。鞭子呼啸着落了下来，梅塞德斯又看不下去了。她双膝跪在巴克面前，用胳膊抱住他的脖子，满眼泪光。

"可怜的宝贝！"她满腹同情，哭着说道，"你们为什么不使劲拉呢？拉走了，你们就不用挨鞭子了。"巴克并不喜欢她，可他没有力气反抗，只好任她纠缠。

其中一个旁观者一直紧咬着牙关，克制着自己不要说话。终于，他忍不住发言了："不是我多管闲事，只是看狗太可怜了，我才提点意见。你们三个可以帮着狗队启动雪橇。雪橇下面的钢筋和地面冻在一起了。你使劲摇一摇方向舵，先向左、后向右，再把雪橇下面结的冰破开。"

哈尔听从了他的建议，尝试了三次，冻在地上的雪橇真的挪动了。庞大而笨重的雪橇走开了，巴克和同伴们在雨点般的鞭笞下拼命挣扎着前进。走了九十多米，雪橇摇摇晃晃经过转弯处时，连雪橇带包裹一起翻倒在大街上。赶着这种头重脚轻的雪橇安全驶过弯道要求赶车人经验十足，哈尔绝不是这样的人。雪橇上面一半的包裹因为捆得不结实，撒了一地。而狗一刻没停，拖着重量减轻的侧翻雪橇一直朝前跑。他们对所受的虐待和超重的负荷不满。巴克生气了，开始狂奔，队员们紧随其后。"停下！"哈尔喊道。他们理都不理。哈尔被绳子绊倒了，倾倒的雪橇从他身上碾过。狗队拉着雪橇冲上街道，后面的包裹沿街散落，在斯堪格威大街上引起一片骚乱。

热心的市民拉住狗，帮忙捡起遗落的包裹。他们建议说，要想抵达道桑，包裹的重量得减半，还得再加上几条狗拉雪橇。

无奈，哈尔和姐姐、姐夫只得听取他们的建议，返回营地，支起帐篷，彻底检修雪橇队的所有配套设施。他们翻出了罐装食物，这让大家忍俊不禁。在如此艰险的路上长途跋涉，还要带罐装食物，简直不可思议。另一个帮忙的人笑着说："还带毛毯？又不是住酒店。这一半的东西都嫌多，趁早扔掉一部分吧。把帐篷和碟子扔了,再说,谁会洗这么多碟子呢?天哪,你们还以为这是坐普尔曼豪华火车旅行吗?"

他们没有办法,只能丢掉多余的东西。梅塞德斯看着衣服包裹被扔掉,心痛得号啕大哭。这不仅因为她觉得自己处境悲惨,还因为丢弃了那么多东西。她双手抱膝,坐在地上,前后摇晃,哭得撕心裂肺,发誓绝不再往前走一步,任查尔斯再怎么求她都没用。她恳求每个人,哀怜每件东西,最后一抹眼泪,发疯似的开始扔下这趟行程必备的衣物。她完全疯了,扔完自己的,又像龙卷风一样扔掉两个男人的。

等她扔完,包裹重量减轻了一半,不过看起来还是让人发愁。查尔斯和哈尔傍晚出去,买来六条外路狗。加上原来狗队的六条,再加上在瑞恩克河加入狗队、帮助创下纪录的两条爱斯基摩狗提克和科娜,共十四条。这些外路狗来到北方后尽管受了些调教,但并不适合拉雪橇。其中三条是打猎用的短毛猎犬,一条是纽芬兰狗,另外两条是来历不明的杂种狗。这些新来者面对工作似乎无所适从。巴克和同伴们很看不起他们,尽管巴克不久就让他们找到自己的位置,知道什么不能做,却没办法马上教会他们要做什么。他们根本不会拉雪橇。除了两条杂种狗，其他四条外路狗都对所处的恶劣环境和所受的虐待感到无所适从，心灰意冷。这两条杂种狗也无精打采，除了鞭子，没有什么能唤起他们的积极性。

新来的狗垂头丧气，感觉孤独凄凉，老队员经过四千多公里的长途跋涉，疲惫不堪。狗队前景一片惨淡。可这两个男人不知哪里来的兴奋劲，显出扬扬得意的神态。他们觉得拥有一支十四条狗组成的雪橇队很有面子。他们见过雪橇队在道桑出出进进，可从未见过由十四条狗组成的庞大队伍。在北极旅行，人们不用这么多狗拉雪橇是因为负载不了这么多的狗粮。可查尔斯和哈尔哪里懂得，他们只是拿笔在纸上算了算，一条狗一天吃多少，有多少条狗，共多少天。梅塞德斯倚在他们背后，点头表示赞同。事情就这么简单。

第二天早上晚些时候，巴克领着浩浩荡荡的队伍，拖着疲惫的身躯上路了。狗队没有一丝活力，巴克和队友们都死气沉沉的。从盐湖去往道桑的雪道，他走过四次。可一想到要在筋疲力尽的状态下再次踏上这趟旅途，他就满腔怒火。他不想工作，其他狗也不想。外路狗胆小怯懦，有经验的狗则缺乏动力。

巴克隐约觉得这个女人和两个男人不可靠。他们做任何事情都毫无章法，日子一天天过去，巴克发现他们根本什么都学不会。他们做任何事情都不用心，杂乱无章，又缺乏主见。有时候，等他们卸下帐篷打包好雪橇，已经日上三竿。雪橇上的包裹总是捆不紧实，一天之内要掉下来好几次，雪橇队只能不断地走走停停。有些日子，雪橇队连十六公里也走不了，还有些日子干脆动不了身。结果竟然没有一天能成功走完每日计划行程的一半。

狗粮耗尽在所难免。可他们又愚蠢地过度喂食，更加快了狗粮耗尽的速度，以后的日子狗肯定吃不饱饭了。因为消化系统没有经过长期慢性饥饿的磨炼，外路狗胃口很大，但耐力不强。哈尔看见爱斯基摩狗拉雪橇有气无力，误以为常规的分量不够，就双倍给他喂食。更不可思议的是，梅塞德斯梨花带雨般动情地劝说哈尔多给狗喂食无果之后，竟然从鱼干袋子里偷来鱼干悄悄喂狗。可天知道，巴克和他的爱斯基摩伙伴需要的不是食物，而是休息。尽管走得很慢，可沉重的雪橇还是让他们体力严重透支。

因为过度喂食，他们很快就弹尽粮绝。有一天，哈尔突然意识到狗粮已吃掉了一半,而路程只走了四分之一。因为资金短缺,没办法买狗粮,他只得减少每条狗的喂食量,并且增加日行程里数。他姐姐和姐夫都支持他这么干。不过,沉重的雪橇和他们自身的无能又总让他们灰心丧气。给狗吃得少点很容易,可让狗跑快几乎不可能。他们自己干活儿也拖沓,没法儿早点启程,缩短了白天赶路的时间。他们不仅不会管理狗,还不会管理自己。

最先死掉的是杜比。尽管他是个鲁莽的偷食者,总是被抓现行,还免不了挨一顿打,可工作起来丝毫也不马虎,从不偷懒。他的肩胛骨受了伤,一直没人关心,也没能好好休养,情况一天比一天严重。直到有一天他实在拉不动了,哈尔就用他那长长的科尔特左轮手枪把他打死了。在加拿大流传着这样的说法:按一条爱斯基摩狗的食量喂养一条外路狗,迟早会把他饿死。所以,巴克手下那六条每天吃着爱斯基摩狗同样食量的外路狗只能被活活饿死。那条纽芬兰狗最先死去,接着是那三条短毛猎犬,剩下那两条杂种狗顽强一些,不过拖了没几日也就相继饿死了。到此为止,南方世界的所有便利与温柔和这三个人划开了界限,北极之旅以一种严酷的现实呈现在这两男一女面前。梅塞德斯哭着送完死去的狗，回过头来成天为自己哭，成天和两个男人吵架。吵架似乎是唯一让他们不知疲倦的事。悲惨的处境形影相随，他们脾气暴躁。有些人在艰苦跋涉、饱经沧桑后仍能和和气气地说话、热情温柔地待人，久而久之磨砺出一种美好品质——耐心，而这三个人绝对做不到。他们身上没有一点耐心的影子。他们执拗，阴郁，痛苦不堪；他们骨头疼，皮肉疼，心里更疼；相互之间没个好气，言语尖酸刻薄，从早到晚不停地相互指责咒骂。梅塞德斯刚刚不吵了，又轮到查尔斯和哈尔了。他们都觉得自己付出得更多，一有机会就想让所有人知道。梅塞德斯一会儿站在丈夫那边，一会儿又站在兄弟那边，导致这场荒唐的家庭闹剧无休无止。开始时，他们吵谁该去砍柴，是查尔斯还是哈尔，反正总归轮不到梅塞德斯。吵着吵着，他们就扯远了，父母、祖父母、叔叔伯伯、堂表兄弟姐妹怎么怎么着，或者是八竿子打不着的人怎么了，就连死了的也会被牵扯进来。接着又扯到哈尔的艺术观点，哈尔舅舅写的剧本，这与谁去砍柴又有什么关系呢？真是荒谬至极。总之，他们的争吵有可能向任何方向发展。这不，他们又吵到了查尔斯的政治偏见。梅塞德斯也卷了进来，莫名其妙地说到查尔斯姐姐如何爱嚼舌根、搬闲话，还翻出一大堆陈谷子烂芝麻的证据来佐证。说着说着，又引出她丈夫家里一些令人不快的往事。吵来吵去，火还是没人生，帐篷只搭了一半，狗也还饿着肚子。

梅塞德斯尤其会因为自己是个女人感到委屈。她脸蛋漂亮、娇生惯养，一直以来人们对她都彬彬有礼。可如今，丈夫和兄弟对她态度粗暴。她习惯了任何事都依赖别人，他们对此满腹牢骚。她觉得自己作为女人的特权被践踏了，反过来她也不能让他们好过。她因为又累又恼火，也不再可怜狗，干脆坐到了雪橇上。她漂亮而柔弱，体重达五十四公斤。这壮硕的最后一根稻草就要把饥肠辘辘、有气无力的狗队压垮了。她坐了没几天，狗一个个倒下了，雪橇也拉不动了。查尔斯和哈尔哀求她下来走走，她却开始呼天抢地，细数他们对她施加的"酷刑"。

有一次，他们强行把她搬下雪橇。这样的事他们干了一次，绝对不敢再干第二次。她先是像个被宠坏的小孩，假装腿瘸走不动了，然后干脆一屁股坐到路上不走了。他们没理她，继续往前走，可她坐在原地，就是不跟上去。他们走出去差不多五公里了，见她还不来，只能卸下包裹返回去接她，又强行把她搬到雪橇上。

他们自己的处境已经悲惨到极点，根本无暇关心狗的苦难。哈尔与人相处时秉持的原则是，一个人必须得狠下心来。打出发那天起，他就不断给姐姐、姐夫灌输这种思想，到如今却毫无成效，只得通过拼命打狗来发泄怨气。抵达五指山时，狗粮吃完了，一位牙齿掉光的美洲印第安老妪建议哈尔用左轮手枪换几公斤冷冻马皮。这把左轮手枪可是哈尔一直别在腰间和大刀做伴的。无奈之下，他只好用左轮手枪换了这劣等的狗粮。六个月前，这些马皮还长在农夫骨瘦如柴的马身上呢，冰冻后看起来更像电镀铁皮。狗把马皮吞到胃里，胃液将其转化成毫无营养的细皮条，就像一团团短毛发，根本没法儿消化，这让狗极其愤怒。

这期间，巴克就像噩梦中的游魂，摇摇晃晃地走在队伍前面。只要还有一丝力气，他就尽力往前拉。直到力气耗尽，他终于瘫倒在地。鞭棍随之而来，打在身上生疼，他不得已站了起来。他那漂亮的毛发失去了光泽，看起来软不拉叽的，又干又黄。被哈尔用棍棒打出瘀血的地方，毛发凝在一起，乱作一团。他那健壮饱满的肌肉如今瘦成了疙疙瘩瘩的细条，皮下脂肪块消失了；表皮就像皱巴巴的空袋子，松松垮垮地挂在骨架外面，条条肋骨清晰可见，看着都让人心碎，可巴克的心从不会被轻易击碎。红衣壮汉早就用棍棒证实过这一点。

　　巴克是这样，他的同伴也是如此，就像行走的骨架。包括巴克在内，狗队还剩下七条狗。他们生活在水深火热之中，对鞭子和棒子早已失去了知觉。他们对疼痛麻木了，眼睛和耳朵也变得迟钝。他们气若游丝，奄奄一息，好像装着干骨头的麻袋，只有微弱的生命之火还在隐隐闪烁。赶狗人喊停，他们就像死狗一样跌倒在雪道上。生命之火苍白而微弱，就要熄灭了。赶狗人用棒子打，用鞭子抽，他们跌跌撞撞地爬起来，生命之火无力地跳动着，跟跟跄跄地继续上路。

　　终于有一天，好脾气的贝利倒下了，再也没爬起来。哈尔卖掉了左轮手枪，只能拿来斧头，砍死了贝利，然后把尸体从挽具上解下来，拖到路边。巴克看在眼里，其他几条狗也看在眼里。他们知道，自己离这一步也不远了。第二天，科娜也死了。只剩下五条狗了：乔，虚弱到没有力气使坏了；派克，一瘸一拐的，连偷食的力气都没了；独眼的索尔·拉克斯，尽管一如既往地卖力拉雪橇，可毕竟体力不支，心里闷闷不乐；提克，中途加入狗队，因为拉纤绳经验不足，挨的打比别的狗都多；巴克还是领队，只是不再努力维持秩序，有一半时间都感觉虚弱无力、头晕目眩，只能依靠脚接触路面的感觉探路。

美丽的春天来了，可狗和人都未察觉。太阳升起得更早，落下得更晚了。凌晨三点，天就蒙蒙亮了，直到晚上九点，天色才暗下来。全天都是亮晃晃的大太阳。冬日死一般的沉寂不见了，伟大的春天随之而来，一片欣欣向荣。遍地都是声响，万物都在窃窃私语，满溢着生命的喜悦。大自然从漫漫冬日的沉睡中苏醒过来，动弹起来了。松树变得枝叶饱满，杨柳抽出绿芽，灌木和藤蔓换上了绿衣。蟋蟀在夜间歌唱，白天种类各异的爬行动物钻出来晒太阳。树林里山鹑和啄木鸟活跃起来了，不停敲打着树干。松鼠吱吱地聊着天，鸟儿啾啾地吟唱着，刚从南方飞来的野禽在头顶上兴奋地喳喳乱叫。

泉眼解冻了，山泉水从小山坡唱着山歌，缓缓流淌。山川河流开始融化了，慢慢舒展开筋骨。育空河也努力挣脱着冰雪的辖制。

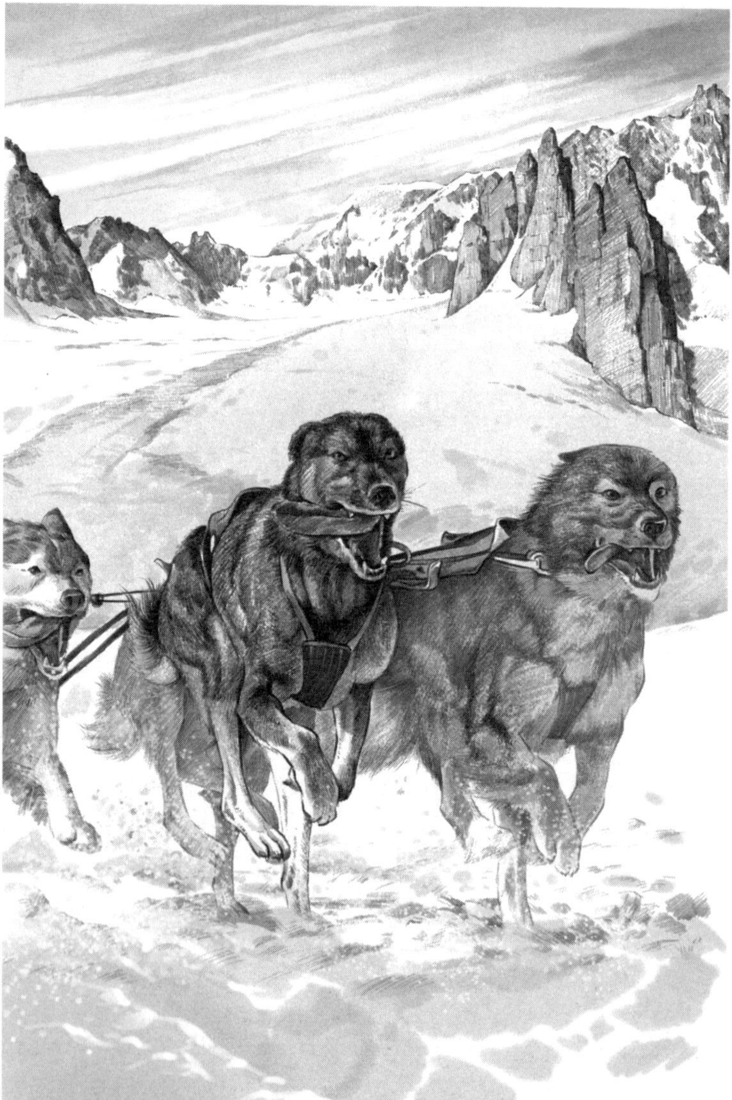

有的冰块被河水冲走了，有的被太阳晒化了。冰层上开始出现小窟窿，然后裂开了缝隙，薄的冰层整块掉进河里。大自然生机勃发，尽情舒展着。阳光明媚耀眼，微风徐徐吹拂。然而，这两个男人、一个女人和他们的狗队却步履维艰，好像在迈着沉重的步伐，走向死亡。

每次狗被累死，梅塞德斯都伤心不已，可哭过之后照样骑，哈尔骂得嘴皮子磨出了老茧，查尔斯满目忧愁，不住地伤心落泪。在白河河口，他们终于跌跌撞撞地进了约翰·桑顿的营地。刚一停下，狗队就瘫倒在地，好像被打死了一般。梅塞德斯擦干眼泪，注视着约翰·桑顿。查尔斯坐在木头上休息。他浑身僵硬，连坐下来都很吃力。只有哈尔还有力气说话。约翰·桑顿正把一根桦木削成斧柄，很快就要完工了。他边削边听，偶尔应一声，简单而粗鲁，也总是直截了当地给出建议，因为他了解这帮人，笃信他们根本不会执行自己的建议。

桑顿警告他们，说白河的冰正在消融，别再妄想从这儿过河去。可哈尔反驳道："早先人们就说河道上的冰层要塌了，劝我们乖乖躺着别动，说我们到不了白河就会掉进冰窟窿淹死,可我们还不是来了?""他们说得没错,"约翰·桑顿回答说,"冰层随时可能塌掉。只有那些碰运气的傻瓜才会这么大胆。我告诉你,就是给我阿拉斯加所有的金子,我现在也不会冒生命危险过河。"

"我想只有你不是傻瓜吧。"哈尔说,"无论如何,我们要启程,去道桑!"他扬起鞭子,大喊道,"站起来,巴克!站起来,走!"

桑顿自顾自地削着斧柄。他知道,阻止傻瓜干傻事可不是件容易的事;现在这儿有几个傻瓜,要改变他们的计划简直比登天还难。

狗队听到命令后并没有站起来。他们早就进了非打不起的阶段。鞭子无情地到处抽打着。约翰·桑顿紧咬着嘴唇。索尔·拉克斯第一个挣扎着爬了起来。提克跟着爬了起来。然后是乔,伴随着痛苦的嚎叫,他终于用力支撑着站了起来。派克痛苦挣扎着,站起来两次,都又倒了下去,直到第三次,才终于站起来。巴克一动不动,安静地躺在瘫倒的地方。鞭子一次次抽打在他身上,可他既不吼也不动。桑顿好几次起身想去劝阻,最终还是改变了主意。不过,他眼睛湿润了,眼睁睁看着鞭子无情地抽打着。他站起来,心里犹豫不决,不安地走来走去。巴克这还是第一次违抗命令,哈尔快气疯了。他扔掉鞭子,抡起棒子。尽管棒子像冰雹一样狠狠地砸在身上,巴克就是不起来。像他的同伴一样,他几乎没有力气站起来了,但与同伴不同的是,他是铁了心不起来。他隐约感到末日即将来临。开进白河河畔时,这种不祥的预感就很强烈,之后一直萦绕在他的脑际,挥之不去。他已经在薄薄的开始融化的冰层上走了一整天。就在主人拼命驱赶他往前走的地方,他感觉灾难近在咫尺。他死活不动弹了。他吃的苦头太多了,多得快要麻木了,再多的殴打对他都无所谓了。棒子不停地砸下来,他体内的生命之火忽明忽暗,行将熄灭。他已经麻木了,感觉灵魂已经出窍,正远远看着肉体被打。尽管棒子打在肉体上的声音依稀在耳边回响,可他一点也感觉不到痛了。肉体和灵魂似乎已经分离,不再属于自己了。忽然,约翰·桑顿毫无征兆地发出猛兽般的嚎叫,朝手持棍棒的哈尔扑了过去。哈尔就像被倒下的树击中了,栽倒在地。梅塞德斯吓得尖叫一声。查尔斯忧伤地看着,把眼泪擦干,想站起来,可又全身僵硬地跌坐下去。

约翰·桑顿站在巴克旁边,拼命克制住自己,气得全身抽搐,一句话也说不上来。"你再打他,我就宰了你。"他愤怒地说出这句话,声音低沉得令人窒息。

"他是我的狗!"哈尔一边拭去嘴角的血,一边回答道,"让开,不然我让你好看!谁也休想阻止我去道桑!"

桑顿挡在哈尔和巴克之间,一点也没有要让道的意思。哈尔一气之下拔出大刀。梅塞德斯吓得一会儿哭,一会儿笑,歇斯底里,好像神经错乱了。桑顿用斧柄打了哈尔的胳膊肘,大刀掉到了地上。哈尔正要去捡刀,桑顿又敲了他一斧柄,弯腰捡起大刀,连砍两下,砍断了巴克身上的挽具。

哈尔无心再战。姐姐死死抱住他,让他动弹不得;巴克已经奄奄一息,没有丝毫力气拉雪橇了。几分钟后,他们从河畔启程,沿河朝北走去。巴克听到他们走了,才抬起头看了一眼:派克领头,索尔·拉克斯压轴,中间是乔和提克。他们一瘸一拐,东倒西歪地往前移动。梅塞德斯坐在雪橇顶上,哈尔把持着方向舵,查尔斯费力地跟在队伍后面。

巴克望着他们远去的背影,桑顿跪在旁边,用粗糙的手温柔地抚摸着他,看看哪儿有断骨。他把巴克全身检查了一遍，发现并无断骨，只是遍体瘀伤，而且饥饿让巴克瘦得只剩下皮包骨头了。此时，雪橇队已经走出了几百米。桑顿和巴克凝视着狗队在冰上吃力地前进。突然，他们看见雪橇尾部沉了下去，就像落入车辙一样，哈尔抱着的方向舵杆到了空中。紧接着传来梅塞德斯的尖叫声。他们看见查尔斯转过身，向后跳了一步。随后，整块冰层塌陷了，连狗带人消失得无影无踪，只留下一道宽阔的冰口子。

桑顿和巴克面面相觑。"可怜的家伙！"约翰·桑顿说。巴克舔着他的手。

第六章
只为知己

去年十二月，约翰·桑顿冻伤了脚，搭档们把他安置停当，留下他一个人慢慢康复。他们弄了一条木筏，沿白河往上游去，准备事成后再回来接桑顿去道桑。桑顿救下巴克时还一瘸一拐的，随着天气持续回暖，他的跛脚痊愈了。巴克呢，在春日漫长的白天里懒懒地躺在河边，看着潺潺流水，听着鸟儿婉转的歌声和大自然美妙的吟唱，慢慢恢复了体力。

经过将近五千公里的长途跋涉，巴克最需要的就是休息。不得不说，在等待伤口愈合的过程中，巴克变得懒散了，肌肉又饱满起来，脂肪也变厚了，肋骨不再条条可见。等待桑顿的搭档们带木筏回来接他们去道桑的日子里，巴克、桑顿，还有斯基特和尼格，整日四处游荡。斯基特是体形娇小的爱尔兰赛特猎犬。巴克生命垂危之际，她主动上前示好。无力反抗的巴克任由她主动接近。她拥有医生一样的特质，就像母猫舔舐幼崽一样，常常用舌头舔舐巴克的伤口，为他清洁。每天早上巴克吃过早饭，斯基特就来做"义工"，无一日缺席，直到巴克对她的呵护像对桑顿的呵护一样习以为常，甚至主动寻求。尼格尽管没这么直白，但同样很友好。他是条大黑狗，有一半警犬血统、一半猎鹿犬血统，慈眉善目，和蔼可亲。

让巴克惊奇的是，这两条狗对他都没有嫉妒心理。他们似乎可以和平共享桑顿的仁爱与宽厚。巴克强健起来时，斯基特和尼格鼓励他和他们一起嬉戏，桑顿每次都禁不住加入其中。在这样的嬉笑玩闹中，巴克逐渐康复了，如同获得了新生。他第一次感受到了爱——真挚的爱。在圣克拉拉山谷法官米勒的住所，他也从未感受过这种真挚的爱。陪法官儿子们打猎、狂奔，那只是合作伙伴关系；和法官孙子们在一起，他只是个傲慢自大的护卫；甚至他和法官本人也只有一种象征身份的友谊。可这种狂热的爱，这种崇拜和疯狂，只有约翰·桑顿才能唤起。

首先，这个人救了他的命，在他心中举足轻重。可最重要的是，他是一位理想的主人。别人对狗好只是出于义务，或为了让狗替自己好好干活儿；桑顿对待狗如同己出，是一种自然流露。他从不会吝啬一句温暖的问候或一句鼓励的话。他常坐下来和他们促膝长谈，用他的话说，这叫"瞎扯"，可他却乐在其中。当然，狗也受益匪浅。他经常双手使劲捧住巴克的头，把自己的头顶到巴克头上，前后晃动，嘴里还说些粗俗的话，可这在巴克听来却是爱语。巴克最喜欢桑顿像大狗熊一样抱着他，喃喃自语，说一些粗鄙的爱称。每当桑顿抱着自己使劲摇晃，他就欣喜若狂，感觉心都要跳出来了。桑顿一放开他，他就跳起来，乐得双眼直放光，喉咙里发出怪音。此时，桑顿只是坐着看他，激动地大喊道："上帝呀！你这不会说话的精灵！"

巴克表达爱的方式就像要咬伤人。他经常用嘴咬住桑顿的手，咬得紧紧的，甚至牙齿留下的印迹很久都无法消退。正如巴克把桑顿粗鄙的称呼当作爱语，桑顿也把这种假咬当成爱抚。

然而大多数时候，巴克表达爱的方式是崇拜。尽管桑顿抱他或对他说话让他欣喜若狂，可他并不会主动纠缠桑顿。他不像斯基特，习惯用鼻子蹭桑顿的手；也不像尼格，总是径直上前把头枕在桑顿的膝盖上；巴克只要在远处爱慕地望着桑顿就够了。他会躺在桑顿脚旁一连几个小时，神经警觉、目光热切地望着他的脸，专注地盯着看，研究他，留意他每个稍纵即逝的表情、动作和五官的变化。或者，如果有机会，他会远远地卧在桑顿的一侧或背后，看着他的身影或姿态的每一个变化。这就是他们交流的方式。巴克专注的目光经常会吸引约翰·桑顿转过头来，并用同样专注的目光看着他。一切尽在不言中，他们对彼此的挚爱在专注的目光中显露无遗。

在被救下后的很长时间里，巴克总是担心看不到桑顿。从桑顿前脚踏出帐篷到他后脚踏进帐篷，巴克都紧紧跟随。来到北方后，他几易其主，总担心这一任主人也不会长久。他害怕桑顿也会像佩罗、法兰索瓦、苏格兰混血男人那样，不久就从他的生活中消失了。就连在梦里，他都被这一恐惧困扰着。每想到这儿，他会立刻清醒过来，顶着严寒，钻进帐篷，静静站着，谛听主人的鼾声。

他深爱着约翰·桑顿，这是文明社会的影响；然而，北部严酷的环境从他心底唤起的野性仍然存在，并且活跃着。烤着炉火的安逸生活，培养了他的忠诚与奉献精神；但他依然保持着野性与狡黠。他就是荒野的产物。从荒野走进桑顿的营地、卧在火堆旁的巴克，早已不是那条贴着文明标签的南方狗了。他爱桑顿，不会从他那儿偷食；但若换作别的营地、别的人，他一刻也不会犹豫，那份狡黠也总能让他得逞。

他脸上和身上都写着过去的辉煌战绩，现在的他还是一如既往，异常凶猛，甚至比以前更狡猾。斯基特和尼格脾气温顺，再说他们是桑顿的狗，巴克从不会和他们发生冲突；可要是一条外来狗，不管他是什么血统、有多勇猛，很快就会发现自己的对手势不可当，不得不在巴克面前甘拜下风。巴克一点也不会心慈手软。他牢记棒子和犬牙法则，绝不会错失任何一次进攻机会，也绝不会看着对手将死就怜悯地放过他。他从斯匹茨身上得到了教训，在与警察和邮队的狗激战时也学到很多，他知道无论如何都不能妥协。他要么取胜，要么被打败；对别人手软就是露怯。野外生存没有仁慈可言。仁慈只能被认为是恐惧，这会把你带向死亡。杀还是被杀，吃还是被吃，就是这么简单。这一法则像神灵的谕旨，由祖先通过历史长河传授给他，他心领神会，并奉为圭臬。

他比实际年龄更老成。他把过去和现在联系起来，历史的永恒在他心底规律而有力地振动着，他也随之振动，像潮汐的涨落，像四季的更迭。他坐在约翰·桑顿的火堆旁，胸脯宽大结实，牙齿洁白无瑕，皮毛浓密修长；可身后却有无数条狗的影子，有狼狗也有野狗，他们个个高度警觉、蠢蠢欲动，和他一起吃肉、喝水、辨风向，告诉他森林里各种野兽的声音，左右着他的情绪，控制着他的行为，和他一起卧倒休息，和他一起做梦，甚至走进了他的梦里。

这些影子不断朝他挥手，人类却离他越来越远。森林深处回响着深切的呼唤。他经常听到这种声音，莫名其妙地心生恐惧，却又深深陶醉其中。他不由自主地离开火堆，离开营地，纵身一跃，跳进森林。他不停地向前奔跑，不知身处何地，也不知为什么奔跑，甚至不屑于去想明白。在森林深处，召唤的声音还在强劲地回响着。可每当他踏入这片丛林，对约翰·桑顿的爱又把他拽回到火堆旁。

只有桑顿让他放不下，其他人都无足轻重。偶遇的旅行者也会表扬他、奉承他，可他一点也不在意。要是这人太过直白地夸他，他会起身走开。当桑顿的同伴汉斯和皮特乘坐大家期待已久的木筏来到时，巴克都不屑于抬眼看他们。得知他们是桑顿的好友后，才稍稍亲热一点。他很被动地和他们相处，他们亲近他，巴克只是淡淡地接受，好像那已经算是给足了他们面子。他们和桑顿是同类人，身材高大魁梧，友善，思维清晰，心地单纯。他们摇着木筏驶入道桑锯木厂旁的大涡流前，已经对巴克和他的性格有所了解，也不奢望与巴克建立像与斯基特和尼格那样的亲密关系了。

然而，巴克对桑顿的爱似乎与日俱增。夏日旅行时，只有桑顿能把大背包放到巴克背上。只要桑顿下令，没有什么是巴克做不到的。他们变卖了木筏，储备了充足的干粮，就离开道桑，沿着塔基娜河逆流而上。有一天，他们来到悬崖边突起的岩架旁，往下九十米深的地方就是裸露在河岸的岩石。约翰·桑顿坐在岩架边上，巴克坐在他旁边。桑顿突然心血来潮，想在汉斯和皮特面前做个实验。他命令道："巴克，跳下去！"同时挥舞胳膊，指向峡谷深处。下一刻，汉斯和皮特就看到桑顿紧紧抓着要跳下去的巴克。两人赶紧出手相助，才把巴克拉到安全地带。

"这太不可思议了！"当三人拼命把巴克拉回来时，皮特气喘吁吁地说。桑顿却摇摇头说："是不可思议，可也让人觉得很糟糕。你知道吗，有时我会很担心。"

"我可再也不敢当着他的面捉弄你了。"皮特斩钉截铁地宣布，边说还边对巴克点点头。

"我也不敢了。"汉斯补充道。

年底将近，桑顿一行来到了赛克尔城。当时，他们在酒吧遇到一个叫黑脸伯顿的人。那家伙既暴躁又邪恶，正在找一个涉世未深的青年人的碴儿，桑顿好心地居中调停。巴克像往常一样躺在酒吧一角，头搁在爪子上，望着主人的一举一动。忽然，伯顿毫无征兆地伸出拳头，直直打在桑顿肩膀上。桑顿被打得直转圈，跟跄着跌到后面，多亏抓住栏杆才没摔倒。

围观的人群立刻听到了狗吠声，那既不是汪汪的吼声，也不是扯着嗓子的尖叫，而是咆哮。紧接着，他们看到巴克从地板上一跃而起，对准伯顿的喉咙扑了过去。伯顿慌乱之中赶忙伸出胳膊来保命，可还是被巴克扑倒在地。巴克松开他的胳膊，又去咬他的喉咙。伯顿一只胳膊受了伤，只能用另一只胳膊来挡，可也无济于事，他的喉咙已经被撕破了。围观的人群赶忙上前拉住巴克，把他赶到一边。当外科医生检查伯顿的伤口时，巴克依然愤怒地咆哮着，来回走动，企图再次扑上去咬他。人们用棍子使劲打，才把他赶走了。他们立即召开小型会议，得出结论，说巴克因为被激怒才攻击伯顿，巴克被无罪释放。不过，他从此声名大噪，巴克的名号在阿拉斯加的营地流传开来。

第二年秋天,他又以另一种方式救了约翰·桑顿的命。当时,桑顿一行三人划着小船,沿河顺流而下,途经一段水流湍急的河道。汉斯和皮特沿河岸,用绳子拽着小船,同时要绕开一棵棵树。桑顿留在船上,用长杆子掌控船的方向,同时向岸上的人大声发出指令。巴克在岸上既焦急又担心,与小船保持同步,眼睛一刻也不离开他的主人。

船行到一处险恶地段,水下是高大的岩架,河水刚好没过岩架顶端。汉斯放长绳子,桑顿用木杆探路,安全绕开了岩架。小船安全驶出岩架后,旋即顺流而下。汉斯使劲拉住绳子,可因为用力太猛,小船失去平衡,撞向河岸,撞了个底儿朝天。桑顿掉进河里,被冲到水势最猛的河段。在那儿,任凭水性再好,都难生还。

巴克立即跳下河去救桑顿。漂流了差不多三百米后,桑顿被冲进了大漩涡。巴克赶忙游上去,咬住了桑顿的衣服。桑顿抓住巴克的尾巴,巴克拼尽全力拉着桑顿游向岸边。可因为水势太猛,巴克几乎寸步难行。再往下游,水势更急更喧腾,巨大的岩石像梳齿一样突兀地耸立在激流中。流水冲击岩石,浪花四溅，吼声震天。水流经过巨齿岩石时，冲击力十分猛烈，桑顿知道要游回岸边是不可能的。他用手指拼命抠紧岩石，还是被水冲到了后面第二块岩石上，紧接着又被撞向了第三块岩石。他被撞伤了，双手牢牢抓住打滑的岩顶，放开巴克，在喧闹翻腾的河水中对巴克大喊道："回去，巴克，快回去！"

巴克被水流冲向下游。他拼命挣扎，怎么也回不去。听到桑顿一再命令，他挺起身体，把头高高露出水面，好像要看主人最后一眼，然后向岸边游去。他使劲地游，就在快要游不动、马上要被淹死的时候，汉斯和皮特一齐把他拉上了岸。

他们知道，桑顿抓着打滑的岩石，撑不了太长时间。他们赶快跑到远高于桑顿的岸边，用拉船的绳子拴住巴克的脖子和肩膀，确保绳子既不会勒死他，也不会阻碍他游泳，然后把他放到水里。巴克拼命游着，却没有办法径直游向中央激流。后来他发现了问题，但为时已晚。当桑顿刚好和巴克处于水平位置时，本来巴克径直划几下就能抓到他，却不幸被激流冲走了。

汉斯立刻拉紧绳子。水流很急，巴克身上的绳子越来越紧。汉斯猛地一拉，巴克没到水里，不见了踪影。汉斯拼命拉，直到把巴克拉到河岸，这才拽他上去。巴克溺水了，汉斯和皮特骑在他身上，用拳头使劲捶打他的胸脯。他吐出水，喘口气，挣扎着站起来，又倒了下去。远处传来桑顿微弱的呼救声，尽管他们听不清桑顿说什么，可心里明白，他支撑不住了。听到主人的声音，巴克好像被电击了一样，打个激灵，一跃而起，跑回刚才他出发去营救主人的地方。

　　巴克又套上绳子，下到水中。这一次，他朝中央激流径直游了过去。他已经犯过一次错，这回绝不能再失手。汉斯慢慢放长绳子，又得时刻保持绳子紧绷，皮特负责不让绳子缠绕在一起。巴克继续朝前游，直游到桑顿的正上游，然后掉转身，像高速火车一样冲向桑顿。桑顿看着巴克借着激流飞一般靠近，像锤子一样重重地朝他砸了过来。他伸出手，双手紧紧抱住巴克的脖子。汉斯把绳子一端抵在树干上，使劲往回拉。巴克和桑顿又沉到了水里。巴克被绳子勒得快窒息了，桑顿也因呛水喘不上气来。一会儿，巴克浮出了水面；又一会儿，桑顿浮出了水面。再一会儿，他们沉入了高低不平的河床，不停地撞击着尖尖的岩石。不过，他们最终还是被拖向了岸边。

　　桑顿趴在浮木上，肚皮朝下。汉斯和皮特使出浑身力

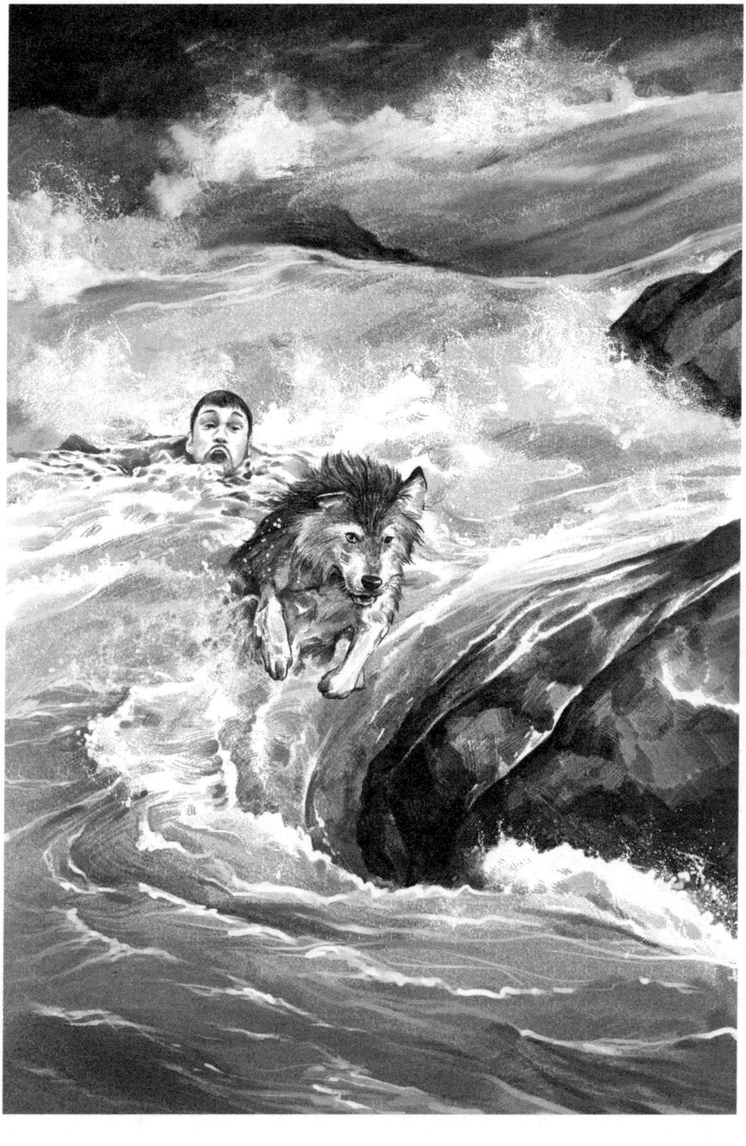

气,把他推上了岸。他一睁眼就寻找巴克,看见巴克四肢瘫软,奄奄一息。尼格站在他旁边,悲伤地嚎叫;斯基特舔着他那湿漉漉的脸和紧闭的双眼。桑顿身上好几处被撞成瘀伤,可他顾不上心疼自己,急忙仔细地为巴克检查身体,发现有三根肋骨摔断了。

"就这么定了,我们就地宿营。"桑顿宣布道。等巴克肋骨愈合、能再次旅行时,他们才拔寨启程。

那个冬天,巴克在道桑做了另外一件引人注目的事情。这一壮举尽管不像前面的事迹那样英勇,却让他闻名遐迩。同时,也为三人带来极大的便利:他们得到了一套设备,终于可以实现期待已久的东部之旅了。要知道,那儿可是淘金人尚未涉足的宝地。事情的来由是这样的:一天,在黄金国酒吧,人们谈天说地,气氛热烈,每个人都在吹嘘自己的爱犬有多厉害。巴克名气很大,理所当然成为他们比较的对象,桑顿不得不坚定地为他辩护。过了半小时,有人说他的狗能启动两百二十公斤重的雪橇,还能拉着走。接着,又有人说他的狗能拉动两百七十公斤重的雪橇,又来一个说他的狗能拉动三百公斤重的雪橇。

"喊！"约翰·桑顿说，"巴克能拉动四百五十公斤重的雪橇。"

"巴克能启动四百五十公斤重的雪橇？那再拉着跑上九十米怎么样？"淘金大王马修森挑衅地问道。就是他吹嘘自己的狗能拉动三百公斤重的雪橇。

"没错，启动然后再拉九十米远。"桑顿干脆地回答道。

"那好，"马修森想让大伙儿都听见，故意放慢语速说，"我出一千块，赌巴克拉不动。金子在这儿。"说着，他把博洛尼亚香肠大小的一袋金沙摔到了吧台上。

酒吧顿时鸦雀无声。桑顿本是虚张声势。此刻，他感觉脸红发烫，知道不该出言不逊，惹祸上身。他并不知道巴克能不能拉动四百五十公斤重的雪橇。那可差不多半吨重啊！想到这儿，桑顿后悔不已。他对巴克的力量信心满满，一直觉得他能拉动这么重的雪橇，可巴克毕竟从来没拉过。大家屏住呼吸，目光盯在桑顿身上，满心期待。桑顿没有一千块做赌注，汉斯和皮特也没有。

"别担心，酒吧外面就停着我的雪橇，上面有二十袋二十多公斤重的面粉。"马修森咄咄逼人。

桑顿沉默不语，无言以对。他大脑一片空白，眼睛茫然，看看这张脸，再看看那张脸，希望事情能有转机。突然，他看到了吉姆·欧勃伦。这人是马斯多登的淘金王，是桑顿以前的朋友。吉姆好像在暗示他，鼓励他要勇敢尝试想都不敢想的事情。

"你能不能借我一千块？"桑顿压低声音问，仿佛耳语。

"当然！"欧勃伦说着，把一大袋子金子扔到马修森的袋子旁，"我不敢打包票，但巴克也许能行。"

酒吧里的人都拥向了街道，玩纸牌的离开了桌子，赶狗拉雪橇的也蜂拥而至，等着看这场难得一见的赌局。围观的有几百号人，他们头戴毛皮帽子，手戴毛皮手套，在离雪橇不远的地方靠边站开。马修森的雪橇上那四百五十公斤重的面粉已经在冰天雪地里放了两个多小时。在零下六十摄氏度的严寒里，雪橇下面的两条滑杆结结实实地冻在踩得瓷实的地面上。多数人打赌巴克拉不动雪橇。人们对"启动"一词的含义也有分歧。欧勃伦觉得桑顿有权打碎结在滑杆和地面之间的冰。马修森则坚持"启动"一词应该包含把冰雪冻结的雪橇从地面上拉开。见证了赌注起因和经过的人大多站在马修森一边，越来越多的人打赌巴克拉不动。

几乎没人相信巴克能完成这一壮举。桑顿是迫不得已才加入这场赌局，此时的他同样顾虑重重。他看了一眼雪橇和蜷缩在前方雪地上用来拉雪橇的十条狗：赤裸裸的现实摆在眼前，桑顿更加坚信，巴克真的拉不动。马修森却得意扬扬，一副胜券在握的架势。

"赌拉不动和能拉得动的比例是三比一！"他大声宣布道，"我要在原来赌注的基础上再加一千。桑顿，你觉着呢？"

桑顿的疑虑都写在脸上，却被马修森这番话激发了斗志。那是一种能克服任何困难、不服输的精神，一种决不承认不可能的精神。除了周围鼓动参战的欢呼声，他什么也听不进去。他把汉斯和皮特叫到一旁，筹集资金。可他们钱袋空空，三个人只凑了两百块。这正是他们财运最差的时候，只能拿出这么多了；然而三个人都毫不犹豫，要和马修森打这个赌。

原先的十条狗被解了下来，巴克戴着自己的挽具，被套到了雪橇上。他被这热烈的气氛感染，无论如何都要为约翰·桑顿成就这件大事。人们交头接耳，不住地赞叹巴克的好身体：没有一点赘肉，六十八公斤的体重下藏着六十八公斤的英勇和活力；皮毛健康，富有光泽；他就是站着不动，体内满满的元气也会让毛发生机勃勃，后颈两侧双肩的刚毛也会精神抖擞地竖起来，好像在等待时机；宽厚的胸脯和健壮的前腿与身体的其余部分已不成比例，结实的肌肉向外隆起。人们用手摸着这像铁一样坚硬的肌肉，发出阵阵惊呼，投注赔率降到了二比一。

"天哪！老兄！天哪！"人群中一个暴发户惊得语无伦次，"我出八百镑买你这条狗！你不用让他去赌了，我立马买下他！"

桑顿摇了摇头，走到巴克身旁。

"你最好走开，"马修森抗议道，"你必须给他足够空间，让他自由发挥。"人群安静下来，只有个别赌徒徒劳地喊着"二比一"。每个人都不得不承认巴克非同凡响，可那二十袋二十多公斤重的面粉黑压压地摆在眼前，他们不敢轻易松开自己的钱袋子。桑顿在巴克旁边跪下来，双手捧住巴克的头，脸贴到巴克的脸上。这次，他没有戏谑地摇他的头，也没说粗鄙的爱语，只是轻轻对他耳语道："你有多爱我，巴克，就使出多大的劲去拉吧。"巴克也急不可耐，压抑着声音向主人许诺。围观的人好奇地观望着，觉得事情越来越蹊跷，好像一场

"我的上帝呀！"刚才要出八百镑买下巴克的暴发户惊得瞠目结舌，"我现在出一千镑，你卖给我吧。要不，再加两百，怎么样？"

桑顿站起身，眼泪夺眶而出，说："先生，绝不可能！"

巴克咬住桑顿的手。桑顿激动得前后摇晃着巴克。人群被这种真挚的情感打动了，心中充满敬畏，自动后退，围成圈，不愿冒失上前打扰他们。

第七章
野性的呼唤

巴克在五分钟内为约翰·桑顿赢了一千六百块,这足以帮他还清债务,然后和他的两个朋友一起去东部寻找传说中的金矿。据说那个金矿的历史和这个国家一样悠久。无数人找过它,都没找到。为了这一迷失的金矿,有许多人丢了性命,这更为它蒙上一层神秘的色彩。谁是始作俑者,不得而知。据说,金矿旁边很早以前就有一座木屋,古老而破败。木屋似乎是金矿所在地的标志,人们前赴后继,向着它进发。这些人手握没用的矿石,以为找到了金矿,可事实上,这矿石与北方发现的金矿无任何相似之处。

迄今为止,到过木屋的人无一生还。他们死了,永远消失了。约翰·桑顿、皮特、汉斯带着巴克和另外两条狗,打算从人迹罕至的小道往东部去。他们明知许多像他们一样优秀的队伍都没有成功,可还是坚定地往前。他们驾着雪橇行驶了一百一十多公里,来到育空河,又往左沿斯图尔特河前进,途经缅约和麦克逊,一直走到斯图尔特河上游,翻越这块陆地上的最高峰后，继续往东。约翰·桑顿从不依赖别人，也不畏惧大自然的严酷。只要随身带些食盐和一杆步枪，他就敢独闯蛮荒之地，想在哪儿宿营就在哪儿宿营，想宿营多久就宿营多久。他有印第安土著的作风，总是不紧不慢，在白天旅行过程中打猎。如果白天打不着，就像印第安人一样继续走，确信迟早会碰到猎物。所以，在这场看似遥遥无期的伟大征途中，食物的主要来源就是靠打猎，雪橇上拉的主要是弹药和工具。

巴克很享受这趟旅行。他可以打打猎、捕捕鱼，还能途经很多有趣的地方。有时，他们一连走上几个礼拜，中途不休息，然后随便找个地方露营。狗可以四处闲逛，桑顿他们用融化的冰水洗涮几周以来攒下的锅碗瓢盆。他们有时挨饿，有时暴饮暴食，这完全取决于打猎的运气和猎物的多少。夏天到了，他们用随身携带的锯子锯下木头，做成小船，背着行李，或划过蔚蓝的高山湖泊，或沿着未知的河流游荡。

寒来暑往，他们在这片无人涉足的广袤大地上迂回曲折地穿梭。假如迷失的小木屋真的存在，这片土地也许有人走过。他们顶着暴风雪，越过一座又一座分水岭，爬上一个又一个光秃秃的山顶。山的向阳面古树参天，背阴面却终年积巴克并没出声，狼却停止了咆哮，警惕地盯着陌生的来客。巴克大步走向空地，做半蹲状，身体缩成一团，尾巴直直翘起，每往前一步都异常小心。他的每一个动作都含示着一半威胁、一半友好。这是两只野兽初次见面时的典型场面，是一种带有威胁性的休战。可狼转身跑掉了，巴克紧追不舍，矫健地跳跃着，想要超越他。狼被逼沿着河岸奔跑，直到无路可逃，被前面横七竖八的枯木挡住了去路。狼以后腿为转轴，随着巴克打转，龇牙低吼表示恐吓，毛发根根直竖，牙齿反复出声咬合，正如乔或任何一条爱斯基摩狗被困时一样。

巴克没有攻击，只是围着他打转，并逐渐友好而谨慎地接近他。狼看起来疑虑重重，又有些惧怕。因为巴克有狼的三倍重，狼的个头只搭到巴克的肩膀。狼趁巴克不注意，又逃跑了。巴克继续紧追不舍。狼再一次被困，情况还和刚才一样，只是狼有些筋疲力尽了。不然，巴克不会轻而易举就追上他的。他会一直跑，直到巴克快要和它齐头并进了，然后在巴克围着他打转时再一次伺机逃跑。

不过，巴克的义无反顾终于得到了回报。狼发现他并无恶意时，终于停了下来，走近嗅了嗅他的鼻子。他们彼此友好起来，在一种既紧张又羞答答的气氛中追逐嬉闹。两头猛兽刻意掩饰着各自的凶悍。过了一会儿，狼迈着轻松的步伐，大步向前奔跑，明显暗示他要去某个地方，并希望巴克一同前往。他们在凄凉的暮色中肩并肩，沿着河岸一路向上游跑去，来到河流发源处的峡谷，跨过凄冷的分水岭，继续向山上跑去。

他们顺着背面的山坡跑到山下，来到一片平坦的区域。这儿有成片的大森林，有许多小河。他们穿过森林，继续不停地奔跑，跑了一小时又一小时。太阳升得越来越高，天气也越来越暖和。巴克心中一阵狂喜，他知道自己是在回应那个呼唤，在和自己的丛林兄弟一同跑向呼唤的源头。古老的记忆快速重现，这些记忆让他热血沸腾。他曾经做过这样的事，只不过是在依稀记得的模糊的外来世界里。现在，他重复着这样的事。他在荒野里狂奔，脚下是没有踩过的土地，头顶是广阔无垠的天空。

他们在小溪边停下来喝水。刚停下来，巴克猛然想起了约翰·桑顿，就蹲坐下来。狼依旧朝着呼喊传来的方向跑去，见他没走又返回来，舔舔他的鼻子，做了一番亲昵的动作，好像在鼓励他继续前进。可巴克还是掉转头，犹豫不决地原路返回了。他那野兽兄弟跟着他跑了大半个小时,一直在温柔地低吟。巴克又蹲坐下来,仰天长啸,听起来很哀伤。巴克坚定信心,继续往回走。这时,呼喊声变得越来越弱,直到听不见了。

约翰·桑顿正在吃饭,巴克冲进营地,扑到他身上,做出一阵疯狂的亲昵举动。巴克把他摁倒在地,爬到他身上,舔他的脸,咬他的手,用桑顿自己的话说,是"把他当猴耍"。紧接着,桑顿又抱着巴克猛烈摇晃,充满慈爱地骂他。

巴克在营地待了两天两夜,一刻也不敢离开,生怕再也看不见桑顿。桑顿干活儿,他跟在后面;桑顿吃饭,他在一旁看着;桑顿裹上毯子睡觉,他在一旁盯着;第二天桑顿起床,他又在旁边站着。可两天后,森林里传来的呼唤声比以前更响亮了。巴克又一次变得焦躁不安,不停地回想起野外的兄弟,回想起他们在分水岭的大片森林里并肩奔跑。那片土地似乎正微笑着向他招手。又一次,他身不由己,跑向了森林。不过,那野兽兄弟并没有出现。他竖起耳朵听了好久,可再没听到那哀伤的嗥叫。

他开始夜不归宿,一连好几天不回家。有一次,他独自走到小河的源头，越过分水岭，下山跑到那片树木繁茂、河流交错的土地。他在那儿游荡了一个礼拜，努力寻找他那野兽兄弟留下的蛛丝马迹，可什么也没发现。他边走边猎食，迈着轻快的步伐，似乎从不知疲倦。他在一条大河里捕食大马哈鱼。这条河宽阔无比，最终汇入大海。正是在这条河边，他杀死了同样在捕鱼的大黑熊。这熊当时被蚊子叮瞎了双眼，无助而惊恐地在森林里横冲直撞。尽管如此，杀死他也不容易。这场搏斗唤起了潜藏在巴克体内的最后一丝凶残。过了两天，他回到黑熊倒下的地方，发现十几只豺狼正对着这战利品你争我夺。巴克扑了过去，豺狼像麦草一样四散逃去。

巴克对血的渴望比以前任何时候都强烈。他天生是个杀手，是个猎食者，靠捕杀别的动物为生。他单枪匹马，形单影只，仅凭自身的力气和技能，在弱肉强食的残酷世界里最终成为王者。他总能取胜，越发自豪。这种自豪感浸染了他的身体，体现在他的每一个动作里，体现在他的每一块肌肉里，体现在他走路的姿势里，让他的皮毛更富光泽。要不是因为口鼻处和眼睛上方的一撮褐色杂毛，还有胸口正下方的一溜白毛，他很容易被误认为是一匹巨型狼，比其他所有的狼都要高大。他从圣伯纳犬父亲那里遗传了高大的身材和颇有分量的体重，而他的牧羊犬母亲遗传给他健美的体形。他的口鼻很像狼，但比任何狼的口鼻都要长；他的头很宽，是大了几号的狼头。

他的诡诈是狼的诡诈，野蛮的诡诈；他的智商是牧羊犬和圣伯纳犬智商之和；所有这一切，加上在最残酷的"学校"里学得的经验，让他成为行走在荒野中的战无不胜的猛兽。他正处于生命的巅峰，满是活力和能量，靠随时随地猎食野生动物为生。当桑顿用手沿脊背抚摸他时，凡手接触到的地方，都条件反射般释放出积蓄的电磁能量，似乎还能听到噼里啪啦的响声。他身体的每个部位——大脑和四肢、神经和纤维，都处于最富活力的阶段，身体各器官完美地保持着平衡和协调。无论看到什么、听到什么或遇到什么事，他总能如闪电般做出反应。爱斯基摩狗在抵御攻击或发动攻击时速度极快，可他比他们还要快两倍。别的狗光是看或听所花的时间就比他看到或听到什么并做出反应的时间还要长。他能在同一时间察觉动静、制定决策并做出反应。客观地说，察觉动静、制定决策、做出反应是三个相继发生的活动，但因为彼此间隔时间极短，给人感觉好像是同时发生的。巴克的肌肉力量极其强劲，牙齿锋利无比，好像钢钉。生命力在他体内汩汩流淌，欢快而舒畅，好像随时会喷薄而出。

一天，桑顿见巴克迈着矫健的步伐走出营地，不禁感慨道："这样的狗真是难得一见！"

"他可真是与众不同！可能造物主造巴克时，模具正好坏了。"皮特说。

"天哪！可不是？我也常这么想。"汉斯附和说。

他们只看见他走出了营地，并没看到他走进神秘莫测的大森林时身上发生的迅速而巨大的变化。他不再豪迈地往前走，而是立刻变成了一头野兽，悄无声息地潜行，步伐像猫一样轻盈。他穿行于树荫之间，时隐时现。他知道如何利用每一次掩护，像蛇一样紧贴着地面爬行，又像蛇一样跳起来袭击。他能从巢穴直接抓到雷鸟，能咬死正在睡觉的兔子，只要金花鼠晚一秒钟逃到树上，他就能在半空将其擒获。大池塘里的鱼对他来说游得不够快，叠坝的河狸也不够警觉。他并非滥杀无辜，只是喜欢吃自己猎杀的食物。他的行为常让人忍俊不禁。他喜欢偷袭松鼠，可把他们捕获后，又把他们放掉，吓得六神无主的松鼠赶忙唧唧叫着逃回树梢。

秋天来了，驼鹿开始成群结队地出没，慢慢向气候温和的峡谷转移，以度过寒冬。巴克成功猎杀了一头迷失的半成年幼崽。不过，他更想征服更凶猛的成年驼鹿。机会终于来了。有一天，他在河流上游的分水岭与驼鹿群邂逅了。二十几头驼鹿浩浩荡荡地从遍布森林和河流的那块土地走来，头领是一头体形巨大的公驼鹿。公驼鹿性情粗暴，站起来有一米八高，这正是巴克期待已久的劲敌。像巨型手掌一样的两根鹿角，每根从根部起分成十四个枝叉，最远的两个枝叉相距两米远。他看到巴克，挥舞着鹿角，小小的眼睛放射出邪恶而凶残的光芒，吼声震天，狂怒不已。

公驼鹿的侧腹靠前部位扎着一根带羽毛的箭头，足以证明他的勇猛。在原始丛林狩猎时代获得的本能指引下，巴克着手逼迫公驼鹿离群，这可不容易。因为他只能在距离公驼鹿较远的地方张牙舞爪地朝他狂吠，不然，那对巨型鹿角和那可怕的分叉脚蹄分分钟就能置他于死地。为对付巴克危险的犬牙，公驼鹿不得不时时掉转头，不能跟鹿群一起前进，这让他怒不可遏。他掉转身，攻击巴克，巴克则狡猾地佯装逃跑，引诱公驼鹿前来追赶。可公驼鹿一旦离开鹿群，两三头年轻的驼鹿就过来围攻巴克，好掩护受伤的公驼鹿归群。

野兽在捕食活的猎物时尤其有耐心。他们顽强而不知疲倦，能一连潜伏数小时一动不动。蜘蛛守在网上捕食是这样，盘绕起来准备攻击的蛇是这样，等待猎物接近的黑豹也是这样。巴克跟在鹿群侧翼不断骚扰，以拖延鹿群的进程，激怒年轻的公驼鹿。他袭击半成年幼崽，让母鹿心神不宁，不断地骚扰攻击又让受伤的公驼鹿既无助又狂怒。半天过去了，巴克开始变本加厉地袭击鹿群，围着他们不停地打转。等公驼鹿一归队，巴克又立刻扑了上去，逼得公驼鹿只能再次离群。这样无休止的纠缠逐渐耗尽了公驼鹿的耐心，巴克倒是越来越沉得住气。

漫长的白天就要过去了，太阳从西北落了下去，夜幕即将来临。秋天的夜晚有六个小时长。年轻的公驼鹿越来越不情愿去帮助被威胁的头领摆脱困境。经过一天的旅途劳顿，他们疲惫不堪，渐渐沿原路返回了鹿群。冬天马上到了，他们得抓紧时间下到峡谷过冬，却被这条不知疲倦的狗耽延了，甩也甩不掉，只能拖延时间。再说，巴克对整个鹿群或年轻的公驼鹿并不感兴趣，他的目标是鹿群的头领。他的兴趣在于征服，而非杀戮。最后，鹿群决定不再保护他们的头领。

傍晚时分，公驼鹿头领心灰意冷地目送同伴们渐渐远去，消失在暮色中。这些同伴里有和他交配过的母鹿，有他的儿孙，还有他一手训练培养的年轻公鹿。他没办法追上去，因为眼前这个心狠手辣、犬牙外露的家伙不放他走。他体重将近六百公斤，健壮无比，一生历经无数次搏斗，最终却败在这个头儿刚及自己膝盖的家伙手上。

自从驼鹿首领离群，巴克就不分昼夜地监视着他，从不让他休息片刻，不允许他有闲暇观望周围的树叶和柳树刚冒出的新芽，也不给这头受伤的公鹿在溪边喝水的机会。公驼鹿不时绝望地奔跑一阵。巴克并不急于阻止，而是跟在后面轻松地大步跑着，心满意足地看着猎物歇斯底里。公驼鹿站住了，巴克却卧倒下去。当公驼鹿想吃东西或饮水时，巴克才猛扑上去发动袭击。

公驼鹿的大脑袋垂得越来越低，似乎快要扛不动头顶那大树杈一样的鹿角了。他步履蹒跚，浑身疲软无力。开始时他一站就站很久，鼻子杵到地上，耳朵沮丧地耷拉着。在此期间，巴克有足够的时间饮水、休息。他伸出长长的血红舌头，喘着粗气，贪婪地盯着猎物。此时此刻，巴克似乎觉得周围在不断变化。他感到大地在以一种全新的方式震动着。当公驼鹿踏上这块土地时，别的动物似乎也跟了进来。森林、河流、空气也都随之颤抖。他不是通过视觉、听觉或嗅觉体验到的，而是通过其他某种更为敏感的知觉。他耳中无声，眼中无物，却知道这片土地已悄然发生了变化。一些奇异的物种开始出没其中，往来穿梭。他决心处理掉手头这只猎物后再去一查究竟。

终于，在第四天结束时，他扑倒了公驼鹿。他在公驼鹿尸体旁吃了睡，睡了吃，待了一天一夜。吃饱喝足、焕然一新后，他准备返回营地，去寻找约翰·桑顿。他步伐轻盈矫健，从不会在岔道口迷路。他穿过奇山异水，一个小时接着一个小时不停地奔跑着。他方向感极强，其准确性会让经验丰富的旅行者为之汗颜，连指南针在他面前都逊色不少。

他收住脚步，强烈地意识到大地上有新的动静。遍地似乎都有生命的迹象，而这些生命迹象与夏天时的感觉完全不同。他对这一变化的感受不再是微妙而神秘的。飞鸟们在高谈阔论，松鼠们在喋喋不休，轻风在窃窃私语。有好几次，他停下来大口呼吸清晨新鲜的空气,好像感受到了什么,翻山越岭,快速向营地跑去。他预感到灾难即将发生,这种预感让他喘不过气来。或许灾难已经发生。他跨过最后一道分水岭,向峡谷里的营地奔去。他越接近营地,越小心翼翼。

在距营地将近五公里的地方,他遇到一条新开辟的小路,这让他不禁毛发直竖,浑身发紧。这条小路径直通向营地和约翰·桑顿。巴克飞快地奔向营地。他的每根神经都绷紧了,对周围的每一个细节都很警觉。这些细节似乎在告诉巴克:一切都结束了。他的鼻子清晰地嗅到经过此地的每一个生物。他清楚地感受到森林非常安静,异于往常。飞鸟都逃走了。松鼠也藏了起来,只有一只被他发现了。那是一只光不溜秋的灰松鼠,紧贴在一棵灰色枯树上,看起来已经和枯树融为一体。

巴克像黑影般快速滑行。忽然,他的鼻子转向一侧,好像被一股强大的力量拉住了。他循着气味走进灌木丛,发现死去的尼格侧躺在里面,一支箭穿过他的肚子,一边是箭头,一边是尾羽。

又往前走了九十多米,巴克碰到一条桑顿从道桑买来的雪橇狗。他躺在小路中央,拼命地垂死挣扎。巴克没有逗留,径直走了过去。他听见从营地传来微弱的叫声,此起彼伏,像是大合唱。他匍匐着潜进空地边缘,看见了汉斯。他正趴在地上,背上扎满了带尾羽的箭,简直像头豪猪。巴克的眼睛不自觉地瞥向云杉木搭的小屋,看到的景象让他毛骨悚然。一阵无法克制的狂怒涌上心头。他并没意识到自己已经开始咆哮,可他确实在咆哮,声音让人不寒而栗。这是他最后一次让情感战胜了理智,而这一次正是为了约翰·桑顿。

印第安人正围着被毁坏的云杉木屋跳舞,被这一声震耳欲聋的咆哮吓了一跳。说时迟那时快,只见一个奇异的生物朝他们冲了过来。来的正是巴克。他宛若愤怒的飓风,猛烈地朝印第安人席卷而来,气势汹汹,无人能敌。他扑向最前面的人,一眨眼工夫已经撕破了他的喉咙。霎时,鲜血像喷泉四处喷射,毙命的刚好是个头领。巴克并未心生怜悯。接着,他纵身一跃,扑向第二个人,同样撕破了他的喉咙。没有什么可以阻挡他。他冲到人群中,又撕又扯,恣意破坏,行动迅速敏捷。他们射出的箭根本扎不到他。事实上,巴克动作麻利得不可思议,再加上印第安人紧紧抱成一团,他们的箭伤害的不是巴克,而是自己人。有个年轻猎人朝巴克使劲投去一支长矛,结果巴克一闪,长矛刚好射穿了另一个猎人的胸口。印第安人群里起了骚乱,向森林仓皇逃窜,边逃边喊:"魔鬼来了!魔鬼来了!"

巴克就是魔鬼的化身。他对印第安人穷追不舍,像捕食驼鹿一样把他们扑倒。这对印第安人是一场浩劫。他们四下逃窜,直到一个礼拜后才找齐所有的幸存者。他们在峡谷低处集合,估算着遭受的损失。至于巴克,他追得累了,回到了满地狼藉的营房。他发现皮特被杀死时正裹在毯子里,脸上写满了惊讶和惶恐。巴克从地面嗅到了桑顿的气息,这是他临死时拼命挣扎留下的痕迹。巴克嗅着气息,一直跟踪到深潭边缘。斯基特趴在深潭边上,头和前腿浸在水里。看来,斯基特在生命的最后时刻都对桑顿不离不弃。因为有洗矿水流入,潭水浑浊不堪,巴克根本看不清里面有什么,但可以确定,桑顿的尸体就在里面。因为他一直跟踪到这儿,中途并未发现其他痕迹。

整整一天,巴克不是坐在深潭边沉思,就是在营地周围焦虑地徘徊。死亡,就是活动的终止,就是从生命中彻底消失。他懂得死亡,也知道约翰·桑顿死了。他心里一片空虚,这种感觉和饥饿的感觉相近,不过会有持续的痛感,这种痛无法用食物缓解。有时,他停下来注视印第安人的尸体时,会忘记疼痛,取而代之的是一种强烈的自豪感,一种比以往任何时候都强烈的自豪感。他竟然战胜了人,所有猎物中最高贵的人,而且是在棍棒和犬牙法则的主宰下干掉了他们。他好奇地闻闻这些尸体。他们不堪一击。杀死他们竟然比杀死一条爱斯基摩狗还容易。要不是因为他们手里拿了弓箭、长矛和棒子,他们根本不是自己的对手。从此以后,他不会再畏惧人类,除非他们手里有武器。

夜幕降临,一轮满月高悬夜空,月光洒满了大地,恍若白昼。沉思、悲伤了一整天的巴克开始活跃起来。他觉察到树林里有新的生物出没,不过这生物不是印第安人。他站起身,一边聆听,一边嗅闻。从远处飘来了微弱而尖厉的叫声,紧接着又传来许多这样的叫声。时间一分一秒地过去,叫声越来越近,越来越响亮。巴克又一次意识到,这正是他梦里反复出现的来自另一世界的声音。他走到空地中央,侧耳倾听。没错,就是那个呼唤声,那个许多音调交汇而成的呼唤声,只是此时比以往任何时候都更有诱惑力,更不可抗拒。这次,他准备好了。约翰·桑顿已死,最后的牵挂也没了。人和人的命巴克的故事也该告一段落了。没过几年，印第安人注意到丛林狼群发生了一些变化。因为一些狼的脑袋和口鼻部位有褐色杂毛，沿着胸脯中线向下又有一溜白毛。不过，比这更显著的是，印第安人发现领头狼是一条幽灵一样的狗。他们很害怕这条幽灵狗，因为他比他们更狡猾，会在寒冷的冬天偷袭他们的营地，捣毁他们的陷阱，杀死他们的猎狗，威胁他们最勇敢的猎人。

还有更糟糕的事情等着他们呢。猎人出去打猎经常有去无回，族人们外出寻找时发现猎人的喉咙被撕破了，雪地上留下了狼的脚印，而这脚印比任何普通狼的都要大。每年秋天，印第安人追猎驼鹿时，有个山谷他们永远不敢涉足。女人们听族人在火堆旁说起这个邪恶的魔鬼要选择自己所在的山谷居住时，伤心得直落泪。

每年夏天，这个印第安人不敢涉足的山谷都会迎来一位来访者。他是一匹体形巨大、皮毛无比光滑的狼。他像但又不完全像别的狼。他独自跨过那片开阔的丛林，来到林间的一片空地。这里，黄色的细流从腐烂的鹿皮袋子里流出，渗入泥土，上面杂草丛生，植物菌落繁衍生息。渐渐地，黄色被掩盖了起来。巴克常会在这儿陷入沉思，发出一声悠长凄凉的嚎叫，随后转身离去。

不过，他并不总是孤身一人。当漫长的冬夜来临，狼群跟随猎物来到山谷时，人们会看到一匹巨型狼领着狼群在皎洁的月光下、在闪烁的北极光里，奔跑，跳跃。他粗大的喉咙一起一伏，唱着遥远的祖先唱过的歌谣，这就是狼的赞歌。